JN032887

ソクチョの冬

エリザ・スア・デュサパン

Hiver à Sokcho

Elisa Shua Dusapin

原正人 訳

早川書房

ソクチョの冬

HIVER À SOKCHO
by
Élisa Shua Dusapin

Translated by
Masato Hara
First published 2023 in Japan by
Hayakawa Publishing, Inc.
This book is published in Japan by
direct arrangement with
Agence littéraire Astier-Pécher.

装画／いえだゆきな
装幀／早川書房デザイン室

貴重な意見を寄せてくれた作家ノエル・ルヴァと
編集者アラン・ベルセに感謝する。

彼はウールのコートに埋もれるようにして到着した。

スーツケースをわたしの足元に置き、帽子を脱いだ。西洋人の顔。どんよりとした目。髪の毛は横向きになでつけられている。こちらを見ているわけではないのに、その眼差しがわたしを貫く。彼はうんざりした様子で、他の場所が見つかるまで数日間泊まれないかと英語で訊ねた。わたしは彼に用紙を渡した。そっちで書いてくれと彼がパスポートをよこす。ヤン・ケラン、一九六八年生まれ、グランヴィル出身。フランス人。写真のほうが若く見える。実物はやつれていた。鉛筆を指さしてサインしてくれと頼むと、彼はコートからペンを取り出した。わたしが登録を済ませているあいだ、彼は手袋を外し、カウンターの上に置くと、パソコンの上のほこりや猫の置物をまじまじと見つめている。とたんに弁解したい気持ちになった。ここがおんぼろなのはわたしのせいじゃない。わたしがここで働き始めてせいぜい一カ月しか経っていないのだ。

　建物はふたつあった。本館には、フロントとキッチンと共有スペースがあって、客室がふたつの階にわたってずらっと並んでいた。廊下はオレンジと緑に塗られていて、電球は青みがかっている。オーナーのパク老人は、戦後の観光客で賑わっていた時代をよく知る人物だった。ヤリイカが集魚灯におびき寄せられるように、当時、客はこの町におびき寄せられてきたものだった。よく晴れた日に台所仕事をしていると、蔚山岩（ウルサンバウィ）まで延々と広がるビーチが見えた。蔚山岩（ウルサンバウィ）はまるで中年女の乳のようにはちきれんばかりになって、空に向かって屹立している。リフォーム済みの別館は本館から路地を数本隔てた場所にあった。部屋はふたつで、ふすまで隔てられているだけなのだが、地熱を利用した伝統的なオンドルの仕組みのおかげで、快適に過ごすことができた。中庭には泉があるが、すっかり凍っていて、栗の木も葉が落ちて丸裸になっていた。パク老人の旅館は旅行ガイドには一切紹介されていない。酔っぱらいや最終バスを逃した人が偶然流れ着く程度である。

　突然、パソコンがフリーズしてしまった。機械がうなり声をあげているあいだ、フランス人に宿泊上の注意事項を説明する。本来はパク老人の仕事だが、その日、彼はたまたま休みだった。朝食は五時から十時まで、フロントに隣接したガラスの引き戸の奥にあるキッチンで。トーストにバター、ジャム、コーヒー、紅茶、オレンジジュース、ミルクは無料。フルーツとヨーグルトは有料で、トースターの上のかごに千ウォンを入れること。洗濯物は一階の廊下の奥にある洗濯機の中に入れておいてもらえれば、あとはわたしがやっておく。Ｗｉ-Ｆｉのパスワードは、小文字でilovesokcho。買い物をしたければ、通りを五十メートルくだったところに二十四時間営業のコンビニがある。バス停はその先左手。雪岳山（ソラクサン）国立公園はそこから一時間で、開園は日没まで。雪が深いからきちんとした靴を履いていったほうがいい。束草（ソクチョ）は海水浴目的で訪れる場所である。予想しておいてしかるべきだが、冬に来ても見るべきものはない。

時節柄、客はまばらだった。日本人の男性登山家にわたしと同年代の女の子。彼女は顔の整形手術を受けたあと、療養のために首都のソウルから逃れてきたのだった。二週間前から滞在していて、付き添いの彼氏が十日間滞在する予定で到着したところだった。客はすべて本館に宿泊していた。昨年、パク老人の奥さんが亡くなってからというもの、宿はすたれる一方で、二階の客室はすべて閉めてしまっていた。わたしの部屋とパク老人の部屋を含め、本館はすべて埋まっていた。フランス人には別館に泊まってもらうしかなかった。

すっかり暗くなっていた。わたしたちはある路地に入りこみ、キムおばさんの屋台のところまでやってきた。豚の肉団子がニンニクと下水が混ざったようなにおいを発していて、店から三メートル離れていても、口の中に臭気が広がる気がした。足元で薄氷が音を立てて砕けた。青白いネオン。ふたつめの路地を抜けて、わたしたちは別館のポーチに到着した。

ケランが引き戸を開けた。ピンクの壁紙、バロック調のプラスチック製の鏡、机、紫色のベッドカバー。天井は彼の髪が触れそうなほど低く、壁からベッドまでは二歩もない。掃除の手間を考え、わたしは小さいほうの部屋を彼に割り振った。共同の浴室は中庭を挟んだ向こう側だったが、雨よけの庇が建物をぐるりと囲んでいるので、移動で濡れることはない。もっとも彼は、そんなことを気にすらしていなかった。壁紙の疵をじろじろ眺め、スーツケースを置くと、彼はわたしに五千ウォンを手渡した。わたしが返そうとすると、めんどくさそうに、いいからと言って押しつけるのだった。

フロントに戻る途中、わたしは魚市場に寄り道して、母がわたしのためによけておいてくれた残り物を受け取ることにした。通路を進んで、四十二番の売り台に向かう。他の売り台の前を通るたびに視線を感じるが、気にしないふりをして進む。二十三年前、父は母を誘惑し、その後、どこへともなく姿を消した。わたしにフランス人の血が入っていることは未だに噂の種である。

相変わらず厚化粧の母が、小ダコ(チュクミ)の入った袋を差し出した。

「今日はこれだけね。コチュジャンは？　まだある？」

「うん」

「あげようか」

「いらない。まだある」

「どうして？　使わないの？」

「使ってるって！」

黄色いゴム手袋をキュッとはめると、彼女はわたしをまじまじと見つめた。なんだか痩せたわね。食事をする時間もろくにもらってないんでしょう。今度パクじいさんに言っといてやるわ。わたしはそんなことないわよと言った。働き始めてからというもの、わたしは毎朝トーストをぱくぱく食べ、カフェオレをがぶがぶ飲んでいた。痩せたはずがない。パク老人はわたしの料理になかなか馴染めずにいたが、旅館で出す食事に関しては、わたしの好きにさせてくれていた。

　タコはとても小さかった。片手で十匹ほどつかむことができた。よさそうなものをよりわけて、ネギと醬油、砂糖、それから水で溶いたコチュジャンで炒めた。水分が飛び過ぎないように弱火にする。タレが十分に煮詰まると、ゴマと餅（トック）を入れた。続いてニンジンを切り始めた。その断面が包丁の表面に映り込み、わたしの指の肉の色と奇妙に混ざり合っていた。

　すきま風が入り込み、急に室内が寒くなった。振り返ると、ケランだった。水が一杯欲しいのだという。彼はわけのわからない絵画を前にしてでもいるかのように、水を飲みながら調理台をじっと見つめていた。気が散って、わたしは包丁で手のひらを切ってしまった。血はニンジンの上で泡立つと、やがて茶色くかたまった。ケランはポケットからハンカチを取り出すと、近づいてきて、ハンカチをわたしの傷に押し当てた。

「気をつけなくちゃ」

「好きで切ったわけじゃありません」

「そう聞いて安心したよ」

彼は微笑んで、自分の手をわたしの手に重ねた。わたしはきまりが悪くなって、その手を押しのけた。彼はフライパンを指さした。

「それは晩御飯？」

「ええ。十九時に隣の部屋で」

「血が出てる」

事実を確認しただけなのか、嫌悪感を表明したのか、あるいは皮肉を言ったつもりなのか。その言葉が何を意味するのか、わたしには理解できなかった。そうこうするうちに彼はもうその場からいなくなっていた。

結局、彼は食事には来なかった。

キッチンにしゃがみこみ、顎を首にうずめるようにして、母は両腕をバケツに突っ込んでいた。魚の肝とネギ、サツマイモの春雨を混ぜて、イカの詰め物（オジンオスンデ）のタネを作っていたのだ。彼女のスンデは町一番という評判だった。

「ほら、こうやってこねるんだよ。それからタネを均等に分ける」

わたしは母の言葉を聞くともなく聞いていた。汁がバケツから飛び出て、わたしたちの長靴の周りにたまり、やがて部屋の真ん中にある排水口に向かって流れていった。港の荷降ろしが行われる倉庫の上に魚市場で働く人たちの寮があって、母はそこで寝起きしていた。騒々しい分、家賃は安い。幼い頃はわたしもここで暮らしたものだった。わたしが家を出てから、母は独り居の寂しさに耐えかねていて、わたしは仕事が休みの日曜の夜から月曜にかけて、よく母を訪れることにしていた。

やってみろとばかりにわたしにコウイカを手渡しながら、母は魚の肝で汚れた手袋をはめたままの手をわたしの腰に置いて、ため息をついた。

「こんなにきれいな娘がまだ結婚できずにいるなんてね……」

「ジュノはまず仕事を見つけなきゃならないの。わたしたちはまだ若いんだから」

「まだ若いね。みんなそう思うのさ」

「まだ二十五にもなっていないんだよ」

「もう二十五だろ」

わたしは数ヵ月後には婚約するからと約束した。母はホッとした様子で仕事に戻っていった。


その晩、湿っぽい寝床にもぐりこむと、母がわたしのお腹に頭を押しつけ、規則正しく、胸を上下させて寝入っているのを感じた。旅館の自分の部屋で独り寝することに慣れていたわたしには、母のいびきが鬱陶しくてならなかった。母のかすかに開いた口から涎がたれ、わたしの脇腹にしたたり落ちた。わたしはそのしずくを一滴二滴と数えた。

翌日、わたしは束草の街に沿うように広がっている砂浜に散歩に出かけた。わたしはこの沿岸が大好きだった。たとえ電気が流れる有刺鉄線が傷のように張り巡らされていたとしても。北にわずか六十キロメートルの場所には北朝鮮があった。建設中の錨地の先に、強い風に難儀している人物のシルエットがはっきりと浮かびあがった。パスポートに書かれた名前を思い浮かべた。ヤン・ケラン。彼がわたしのほうに向かってきていた。積み重ねられた漁網の山から一匹の犬が飛び出し、鼻をくんくんいわせながら彼のズボンにまとわりつき始めた。ひとりの労働者が犬を呼び戻そうとした。ケランは立ち止まり、犬をなでてやると、「ザッツ・オーケー！」といった類の言葉を投げかけたが、男が犬をリードにつなぐと、再びわたしのほうに歩みを進めた。

彼がわたしのところまで来ると、わたしは彼と歩調を合わせた。

「きれいな冬の景色だ」強風の中、腕を伸ばして砂浜を指さしながら、彼は大声で言った。

ただのお世辞だろうが、わたしは微笑んだ。桟橋のほうで貨物船が金切り声のような音を立てている。

「君は昔からここで仕事を？」

「大学を出てからです」

突風で彼の帽子が宙に舞った。

「もう少し大きな声で言ってくれないか？」帽子を耳のところまで深く引き下げながら、彼が言った。

彼の顔は、もはや細い帯のようにごく一部しか見えていなかった。大声を出す代わりに、わたしは彼に近寄った。彼はわたしが何を勉強したのか知りたがった。韓国文学とフランス文学だった。

「それじゃあ、フランス語が話せるわけだ」

「それが全然で」

実のところ、わたしのフランス語は、そのときわたしたちが話していた英語よりもずっとマシだったのだが、わたしは気おくれしてしまっていた。幸い、彼はうなずいて、納得してくれたようだった。わたしは父のことを話そうかと迷ったが、思いとどまった。彼が知る必要はない。

「インクと紙が欲しいんだけど、どこに行けばあるかな？」

束草にも文房具屋はあることはあるが、一月にはやっていない。わたしは一番近くにあるスーパーへの行き方を教えた。

「一緒に来てくれない？」

「あまり時間がなくて……」

彼は詮索するようにわたしを見つめた。

結局、わたしは折れた。

わたしたちはコンクリートで舗装された広場を突き抜けた。中央には展望タワーが建っていて、K－POP歌手のうめき声が漏れ出ていた。街中では、黄色い長靴に緑色のキャップという出で立ちのレストランの主たちが、わたしたちの注意を惹こうと、それぞれ水槽の前で呼び込みをしている。ケランはカニにもガラスに張りついたタコの吸盤にも気を取られることなく、束草の通りを歩き続けた。

「冬の束草に何をしに？」

「安らぎを求めて」

「だったら最適の街ですね」わたしはからかうように言った。

彼はなんの反応も示さなかった。ひょっとして気分を害したのだろうか。でも、この人が不機嫌なのはわたしのせいじゃないし、沈黙を埋めてあげる必要もない。わたしがお願いしたのではなく、彼がわたしについてきてくれと頼んだのだ。毛の抜けた犬が一匹、彼に近づいてきた。

「犬に好かれるみたいですね」

ケランは犬をそっと追い払った。

「一週間同じ服を着ているからね。におうんだろう」

「この前言いましたけど、洗濯ならわたしが……」

「大事な服に血をつけられたら困るからな」

冗談のつもりだろうか。だとしたら失敗だった。わたしは彼が臭いとは思わなかった。いいにおいだった。ショウガとお香が混ざったような。

ロッテマートに着くと、彼はペンを手に取り、くるくる回してから戻し、続いて紙束を手に取ると、包装を破いて中のにおいを嗅いだ。わたしは天井に監視カメラがないか、思わず確認した。ケランはいくつかの紙を手で触って、その違いを確かめている。一番ざらざらした紙が気に入ったようだった。彼は紙をこすり、口元に近づけると、舌先で紙の端を舐めた。満足したのか、彼は別の棚に向かっていった。わたしは彼が開けてしまった紙束の袋をバインダーの下に隠しておいた。わたしが追いつくと、彼は探し物をしている最中だった。カートリッジ式のインクはあるのだが、瓶入りのインクが見つからない。レジ係の店員に聞くと、バックヤードから二種類持ってきてくれた。ひとつは日本製、もうひとつは韓国製だった。日本製はいらないという。乾きが早すぎるのだそうだ。ケランは韓国製を試してみたいと言った。無理だった。ケランは顔を上げ、試し書きをしてみたいと繰り返した。店員はいら立ちを露わにした。わたしがどうにかお願いできないかと韓国語で交渉すると、やがて店員は折れた。ケランはコートから布張りのスケッチブックを取り出すと、二、三本線を引いた。結局、彼は日本製のインクを買った。

バス停にはわたしたちしかいなかった。

「フランスからいらしたんですよね？」

「ノルマンディーからね」

わたしはなるほどとうなずいた。

「知ってる?」彼が訊ねた。

「モーパッサンを読んだことが……」

彼はわたしのほうを向いた。

「どう思った?」

わたしはしばらく考えて言った。

「美しいけど……少し悲しいかしら」

「今はもうモーパッサンの頃とは違うよ」

「そうなんでしょうけど、東草みたいだなって」

ケランは返事をしなかった。彼がわたしと同じように東草を知っているわけではない。ここで生まれ、冬を過ごし、さまざまなにおいを嗅ぎ、タコを味わわずに、東草を知っているなどと言えるはずがない。この孤独を知らずに。

「本はたくさん読むの?」彼が訊ねた。

「ええ。大学に入る前は。昔は本を心で読んだものですが、今は脳で読んでいます」

彼はうなずき、包みを両手でギュッと抱きしめた。

「あなたは？」

「本を読むかって？」

「どんな仕事をしているんですか？」

「バンド・デシネ、フランスのマンガさ」

《マンガ》という言葉は、彼に似つかわしくなかった。わたしは即売会やサインを求めて並ぶ読者の列を想像した。もしかしたら彼は有名な作家なのかもしれない。わたしはバンド・デシネは読んだことがなかった。

「ここを舞台にした物語を書くんですか？」

「もしかしたらね。まだわからないけど」

「ここには休暇で？」

「この仕事に休暇なんてないよ」

彼はバスに乗った。わたしたちはそれぞれ通路を挟んだ窓際の席に座った。日差しは弱まっていた。包みを膝の上に載せたケランの姿が窓ガラスに映る。彼は目を閉じていた。鼻が直角定規のように浮き立っている。キュッと結ばれた唇が三角州（デルタ）を形成し、やがてそれは両脇で皺になった。ひげはきれいに剃られていた。目元まで上がっていくと、彼のほうでも窓ガラスに映ったわたしの姿を見ていることに気づいた。旅館に到着したときと同じ眼差し。倦怠と愛想のよさが入り交じった様子。わたしはうつむいた。車内放送がわたしたちが降りるバス停の名を読み上げた。別館に通じる路地に入る前に、ケランがわたしの肩にそっと触れた。

「今日はありがとう」

その晩もまた彼は食事に現れなかった。一緒に散歩をしたことで気が大きくなったわたしは、他の客よりは辛さを和らげた料理をお盆に載せて彼の部屋に持っていった。ベッドの端に前かがみに座った彼のシルエットが、逆光を浴びてふすまにくっきりと映っていた。引き戸が少しだけ開いていた。戸の枠に頬をつけるようにして中を覗くと、彼の手が紙の上を走っているのが見えた。彼は膝に画板を載せ、その上に紙を置いていた。手に握られた鉛筆は、どちらに向かおうか悩み、前進したかと思えば後退し、ためらい、再び進むべき道を探るのだった。鉛筆の芯はまだ紙に触れていない。不意にケランが描き始めた。その描線は決して整ったものではなかった。彼は何度も線を引いた。それはまるで一旦引いた線を消し、修正するためのようだったが、紙に圧力がかかるたびに、線が刻まれていくのだった。何が描いてあるのかさっぱりわからなかった。木の枝だろうか、あるいは鉄くずだろうか。やがてどうやら目が描かれているらしいことがわかった。もつれた髪の下に黒い目がひとつ認められる。鉛筆は動き続け、そうこうするうちに女性の顔が浮かび上がった。いくらか大きすぎる目にごく小さな口。美しい女性だった。そこで手を止めてもよさそうだった。しかし、彼は線を増やし続け、すると少しずつ唇がよじれ、顎の形が変形し、目には穴が開いた。鉛筆をペンに持ち替えると、彼はゆっくり、しかし決然とした様子でインクを塗りたくり、やがて女性は醜い真っ黒なしみになってしまった。彼はその絵を机の上に置いた。インクが床にしたたり落ちている。一匹のクモが脚の上を這っているが、気にとめる様子もない。彼は自分の作品を凝視していた。機械的に紙の端を破ると、彼はそれを口に入れて噛み始めた。

今にも気づかれるのではないかと気が気ではなかった。お盆をそっと床に置くと、わたしはその場を立ち去った。

ベッドに横になって、ぼんやり本のページをめくっていると、ジュノが入ってきた。チョコレートカラーの髪がキラキラしている。美容院に行ってきたのだ。

「ノックくらいしたらどうなの」

パク老人が彼を通したのだった。靴を脱ぐと、靴底にへばりついた雪が溶けかけていた。

「外に置いてよ」

そんな態度をとるなら、帰っちまうぞと彼は言った。好きにすれば。でも、ここにいたいなら、靴は外に置いて。ジュノはぶつくさ言いながらも靴を外に出し、わたしの横に座ると、何を読んでるんだと訊ねた。わたしは本の表紙を彼のほうに向けてみせた。彼はわたしの両腕をつかんで広げると、セーターをめくりあげた。胸がピンと張っている。彼の冷たい手がわたしの肌に突き刺さる。口にこそ出さないが、彼はわたしを品定めしているようだった。わたしを誰かと比較し、吟味し、推し量っている。わたしは彼を押しのけた。ジュノはため息をついた。それから彼はわたしに携帯電話を差し出し、江南(カンナム)にあるタレント事務所のサイトを見せた。二日後にそこで面接を受けるのだという。彼は立ち上がると、鏡に映った自分の姿をじっくり眺め、たぶん整形はしなくて済むと思うけど、必要なら、鼻と顎と目はもう一度やるつもりだと言った。彼はわたしのほうを向いた。ちょうど今、どのクリニックでもセールをやってるから、おまえも問い合わせをしてみるといい。今度、顔面整形のカタログを持ってきてやるよ。彼は右耳のうしろを入念に調べていた。彼に言わせると、誰だって改善の余地はいくらでもある。特におまえがゆくゆくはソウルで働きたいと思っているならなおさらだ。いくら文芸の世界では、見た目がさほど重要でないとしても。まあ、結局はどんな職に就くか次第だけどな。彼は再び座ると、片手をわたしのももに置いた。わたしはピンクのニットワンピースを着ていたが、タイツは脱いでいた。彼の指がわたしの傷の上を這った。それは長く細い傷で、幼い頃、釣りで使うフックの上に倒れてできたものだった。わたしは不意に本を置いた。

「もう、どうしろっていうの」

彼は笑った。どうしてそんなにつっかかるんだよ？　わたしのつれない態度がかえって気に入ったらしい。彼はわたしの髪の毛を耳のうしろにかきあげると、寝そべって、片脚をわたしの両脚の上に乗せ、わたしにキスをした。わたしは舌を入れさせまいと、唇をキュッと閉じた。やっぱりその気になってくれないんだな、数日間会えなくなるんだぞと彼が不満げに言った。そりゃあ、寂しいけど、旅館の仕事で忙しいから、たぶんあっという間に時間がすぎるわとわたしは答えた。そうかい、気が向いたら明日、うちに泊まりに来いよと言い残すと、彼は戸をピシャリと閉めて出ていった。

午前九時半。朝食の洗いものをしていると、カップルがお揃いのパジャマを着て現れた。女の子はピンク、彼氏はグレー。彼女はけだるそうにコーヒーを注いだ。包帯のせいで、その顔はどこかパンダを思わせた。彼女はスプーンの先でヨーグルトを掬って食べた。彼氏のほうは柿のジャムを塗ったトーストを何枚か。彼らはしばらくテーブルに留まり、それぞれ携帯電話をいじっていた。客室よりもキッチンのほうがWi-Fiの通信速度が速いのだ。登山家は早朝五時半に朝食を済ませ、とっくに山に出かけていった。ブラックコーヒーに天然酵母のパンを四切れ、縦に切ったバナナにバターを塗ったもの。それが彼の朝食だった。

キッチンとフロントを隔てるガラス戸越しにケランが入ってくるのが見えた。ケランに話しかけられると、パク老人は狼狽してわたしを呼んだ。彼は英語があまり得意ではないのだ。わたしは洗いかけの食器をシンクに残し、手を拭くと、湯気でできた眼鏡のくもりが消えるのを待って、彼らのところに向かった。北朝鮮との境界線まで行ってみたいのだが、どうしたらいいのかという話だった。わたしはケランに、バスがあるが、それで行けるのは検問所までで、非武装地帯の監視所まで行きたいのであれば、自家用車がなければだめだと説明した。ケランは車をレンタルしたいと言った。パク老人がさっそくレンタカー会社に電話をする。国際運転免許証が必要だったが、ケランは持っていなかった。フランスの運転免許じゃだめか、それならあるんだがと彼は食い下がった。申し訳ないが、とパク老人。だったら、わたしが運転しましょうか。ふたりはびっくりしてわたしの顔を見つめた。パク老人は、部屋の掃除が全部済んだなら、あとは好きにしたらいいと言った。

「それじゃあ今日ではなく、別の日にしようか」とケランが言った。

日程は月曜日に決まった。わたしはケランにそろそろ片づけてしまうが、朝食は済ませたかと訊ねた。腹がすいてないんでねと答えると、彼は散歩に出かけた。

彼が出かけているすきに、わたしは別館の掃除を行った。お盆の料理は手つかずのまま置いてあった。フロントに来るにはお盆をまたがなければならないから、ケランがそれを目にしたのは間違いなかった。いらないなら持ってきてくれたらいいのに。せめてありがとうくらい言ったらどうなの。あんなヤツのためにわざわざ時間を割いて、境界線まで連れていってやるのはよそうかしら、とわたしはひとりごちた。

　カーテンを透かして入ってくる光が、彼の部屋を暖かい色合いに染めていた。わたしは机に沿って広がっているインクをもう一度眺めた。どうやら彼は染みをぼろきれでこすったようだった。染みがぼやけていた。香炉の中で煙が渦を巻いていた。脇には洛山寺（ナクサンサ）のお香の袋があった。スーツケースが部屋の隅に置かれていた。着替えが二、三枚入るかどうかといった代物である。わたしは中をそっと覗いてみた。きちんと折りたたまれた衣服が何枚か、インク、天蚕糸（てぐすいと）に包まれた何本かの筆、本が一冊。バインダーの中にはわたしと一緒に買った紙束が未使用のまま入っていた。掃除を終える前に彼が帰ってきたら大変だ。わたしは洗剤を使って床を磨き始めた。インクは消えたが、かすかな跡が残っていた。ゴミ箱の中にはダンキンドーナツの箱とパリバゲットのチーズケーキの袋が入っていたが、それも片づけた。スーツケースをきちんと閉めたか確認してから、わたしは部屋をあとにした。

本館に戻ると、玄関でこれから外出しようというカップルに出くわした。彼氏が彼女のウエストを支え、彼女のほうは彼にしがみついてヒールに体重を乗せているのだが、その姿はまるでダチョウだった。彼氏のほうが午後には戻るから、それまでに部屋を掃除しておいてと言った。わたしは大急ぎで掃除をした。シーツを替え、換気を行った。ゴミ箱には使用済みのコンドームがふたつと顔に塗るナイトクリームの箱、ミカンの皮が入っていた。

ジュノはまだ眠っていた。背中をわたしのお腹にくっつけたまま。わたしは指先で彼の肩の輪郭をそっとなぞった。目覚ましが鳴った。ゴニョゴニョ言いながら、彼が止める。その息からは焼酎(ソジュ)のにおいがした。昨晩飲み過ぎたせいか、頭が重い。彼を抱きしめてみるが、現実味がない。彼はベッドの下にあったポラロイドカメラを手に取ると、わたしに向けた。わたしの写真が欲しいのだと言う。わたしはシーツで顔を隠した。彼は写真を撮った。わたしが再び顔を出すと、彼はズボンのベルトを締めているところだった。彼は痩せて、筋肉を失っていた。口をギュッととがらせながら、シャツのボタンをかけている。まるで子どもね、わたしはいらだちを覚えた。バスルームから戻ってくると、彼はわたしの額にキスをして、バッグを掴むと、首都から戻るまで預かっていてほしいと鍵を渡して、部屋を出ていった。

階段を下りていく彼の足音が聞こえなくなるのを待って、わたしは起き上がった。写真はベッドの上に置き去りにされたままだった。わたしは写真をひっくり返してみた。まだカラーの現像が行われている途中だった。縦長のポートレートサイズ。前景にわたしのヒップがあり、その奥に肋骨と肩甲骨の砂漠が広がっている。肋骨と肩甲骨がずいぶん浮き出ているのを知って、驚いた。そういえば、わたしは自分の背中を見たことがなかった。見覚えがなくて当然である。わたしはシャワーを浴びずに、急いで服を身につけた。

ジュノのワンルームマンションは、旅館からかなり離れた市街地にあった。歩いて帰っても十分間に合いそうだ。砂の上の雪が、陽の光を浴びて溶けかけていた。わたしは先日のように、男のシルエットを想像してみた。ウールのコートを身にまとい、風に揺れる柳のように身をかがめる男。

しかし、わたしはひとりぼっちだった。

旅館に戻るや、雨が降り始めた。雨が降ると、パク老人は、普段はルーフバルコニーにしまってあるシートを取り出して、屋外に備え付けの家具の上にかけることにしていた。わたしはシートを取りに向かった。上げ戸が開いていた。ケランが傘を差して、手すりにもたれかかっていた。頭を下げてわたしに挨拶すると、彼は再び向きを変えて、街をじっと見つめた。

「まるでプレイモービルみたいだな」シートを抱え、急いで下りようとしているわたしに彼が言った。

「え?」

「ほら、あの小さな人形の……」

「プレイモービルくらい知ってます」

「ひと箱買うと、必ずおまけがついてくるんだ。色とりどりの屋根をした建物がね。束草を見てると、あれを思い出す」

わたしは束草をじっくりと観察したことなどなかった。そんな価値のある街ではない。わたしはケランのそばに寄った。わたしたちの眼下には、オレンジと青のトタンがまるでマグマのように混然一体となって広がっていた。焼け落ちた映画館の残骸だった。もう少し先に港があって、魚市場が建っていた。わたしはそこで働いている母のことを思った。ケランがわたしを横目で見ていた。彼は部屋を掃除してくれてありがとうと言った。わたしは彼のほうを向くでもなく、うなずいた。

彼は一食まかない付きの料金を払っていたのだが、一度として食事をしに現れなかった。おそらく韓国料理が好きではないのだろう。その前日、わたしは彼にフランス式のレシピでクリームパスタを作りますよと話していた。それでも彼は来なかった。パスタはパク老人にも他の客にも不評だった。おまけに、掃除で彼の部屋に入ると、またもやケーキ屋の包みが見つかった。地元の味を解さない外国人のために、これ以上努力するのはやめようとわたしは心に誓った。だが、彼の絵がわたしの頭の中でうねうねと動き出すのだった。

わたしは身じろぎもせずに、しばらくその場にとどまっていた。

「月曜日に境界線に行く件、大丈夫かい？」彼が訊ねた。

「ええ」

わたしはもやもやした思いを抱えながら、彼のほうを向いた。この人、まだここにいるつもりかしら？　鍵を閉めたいんだけど。どうやら彼はまだいるつもりらしかった。

わたしはスーパー銭湯（チムジルバン）に行くことにした。長らく硫黄泉につかっていなかったが、いい気分転換になるだろう。イノシシの毛のブラシでゴシゴシとこすり、わたしの身体を構成する足やもも、お尻、お腹、腕、肩、そして胸の皮脂や角質をこそげとり、熱い湯につかる。すると、肌は筋肉や脂肪のかたまりと溶け合い、わたしのももについたくすんだピンクの傷痕ともはや見分けがつかなくなるのだ。

風が路面に広がる雲を吹き払った。日がだいぶ傾いてきていた。道路の両脇に村の残骸らしきものが残っている。段ボール、プラスチック、青いトタン板。江原道（カンウォンド）は、この国の戦後の都市化から置いてきぼりを食ったのだ。わたしはケランに、間に合わないかもしれないからもっと急ぐように言った。道路標識を翻訳して聞かせる。車に乗り込む際に、わたしは彼にキーを渡していた。わたしは車の運転が嫌いだったし、彼のために車を運転するなんてまっぴらだった。彼のほうでは車を運転できると知って、喜んでいた。

検問所に到着すると、わたしよりも若い軍人が書類に必要事項を記入するように言った。注意事項がスピーカーから繰り返し流れている。写真撮影をしないこと。動画撮影をしないこと。標識のあるコースから外れないこと。大声を出さないこと。笑い声を立てないこと。わたしは若い軍人に書類を渡した。彼が敬礼すると、非武装地帯に通ずる鉄格子が開いた。見渡す限りのベージュとグレー。一面の葦と沼地。ところどころポツンと木が立っている。監視所まで、あと二キロメートル車を走らせなければならない。武装した輸送車が一台、わたしたちの車に随走したが、それも道路の分岐地点までで、やがて路上にはわたしたちしかいなくなった。ところどころ穴があり、雪で埋まっていたが、道路はそれらの穴を縫うようにして続いていく。突然、ケランがブレーキを踏み、わたしはフロントガラスにぶつかりそうになった。

「道路を横断しようとしてるのかと思った」彼はハンドルを握りしめ、息も絶え絶えに言った。

道路の脇にひとりの女性がいた。ピンクの上着を羽織り、腰を曲げた様子で佇んでいる。ケランは彼女に道路を渡るように合図をした。彼女は背中で手を組んだまま、身じろぎしない。ケランは慎重に車を発進させた。バックミラー越しに、彼女がわたしたちの進む方向に向かってくるのが見える。カーブで見えなくなるまで、彼女はわたしたちの姿をずっと目で追っていた。暖房のせいで喉がカラカラだった。

監視所の駐車場で車から降りると、強風のせいでコートがめくれあがり、わたしたちの脚をピシャリと打った。トックを売るキッチンカーから冷めた油のにおいが漂ってきた。ケランは両手をポケットに突っ込んだ。右のポケットからスケッチブックが顔を覗かせていた。わたしたちは丘をよじのぼり、監視所に向かった。双眼鏡がズラリと並んでいる。五百ウォンで北朝鮮を眺めることができた。わたしは硬貨を入れた。金属性の目当ては凍っていて、まぶたが貼りつく。右手は海だった。左手には山が壁のように聳えている。前方には霧が広がっていた。季節柄、これ以上のものは望むべくもなかった。わたしたちは駐車場に下りていった。

売店の売り子が先ほどすれ違った女性と話をしていた。わたしの姿を認めるや、彼女はわたしの喉元に抱きつくようにして、ざらざらする手でわたしの頬をなでた。わたしはとっさに飛びのいた。彼女は甲高い叫び声をあげた。ケランの腕にしがみつくと、ケランはわたしの肩をやさしく抱きかかえるようにして守ってくれた。

「彼女、なんだって？」

「わたしたちは神様の子だって……。わたしのことをきれいだと」

売り子がわたしに向かって、鍋の中の揚げ物を指さした。油が揚げ物にしみこむたびに、小さな気泡がはじける。わたしは力なく頭を振り、いらないと伝えた。女性はまだキィキィ言っている。ケランがわたしを車のほうに引っ張っていった。

車の中に入るや、わたしはエアコンの吹き出し口に両脚を押しつけ、もものあいだに両手を入れて、こすり始めた。なかなか温かくならない。わたしたちはミュージアムのほうに向かった。既に夕方で、わたしは前日から何も食べていなかった。わたしはバッグの底にチョコパイを見つけ、それを少しずつかじった。緋色の箱はつぶれてしまっていた。

「前回ここに来たのはいつだい？」ケランが訊ねた。

「初めてです」

「連帯を示すために来たりしないの？」

「双眼鏡のこちら側で涙を流すのが連帯？」

「いや、そういうことが言いたいんじゃなくて」

「こんなところに来るのは観光客だけです」

ケランはそれ以上話さなかった。ミュージアムの入口に到着すると、殺菌を施したスペースの中で、女性が口をマイクに近づけて言った。五千ウォンです。

「ふたりでですか?」わたしは訊ねた。

ギョロッとした目がゆっくりこちらを見上げた。イエス、フォー・トゥー・ピープル。ケランがありがとうと言った。ケランがいるからか、彼女は韓国語ではなく、英語で返事をした。わたしはそのことに屈辱を感じたが、その気持ちをぐっと呑み込んだ。彼女はゴム製の手袋をはめた手で、経路を案内した。


すべてが過剰だった。その大きさも冷たさも虚しさも。わたしたちの靴のカッカッという音が、大理石の床に響きわたった。ケランは両手をポケットに入れて、興味もなさそうにぶらついていた。彼はしばらくして、革製のヘルメットが入ったケースの前に止まると、説明文を訳してくれとわたしに頼んだ。

それは朝鮮戦争の要約だった。一九五〇年、ソ連と中国の後押しを受けた北朝鮮とアメリカと国際連合の後押しを受けた韓国のあいだで衝突が起きたが、一九五三年七月二十七日に休戦協定が結ばれ、北緯38度線上に軍事境界線が設けられることになった。それは世界一武装化された境界線で、長さ二百三十八キロメートル、幅四キロメートルにも及ぶ中間地帯となっている。戦争中の三年間に民間人と軍人を含めて、二百万から四百万人もの人が命を落とした。それ以来、いかなる平和条約も締結されていない。

ケランは頭を下げ、髪の毛が垂れないように片手を額に当てながら、わたしの話に耳を傾けていた。わたしの注意を惹いたケースがひとつだけあった。その中には北朝鮮の小学生の靴と、青い箱のチョコパイが展示されていた。もし南北の分断がなければ、わたしも緋色ではなく青い箱のチョコパイを食べていたのだろうか。ガラスケースの中に入っているものは現物なのだろうか？　箱の中にはまだお菓子が入っているのだろうか？　それともミュージアム用に特別に作ったのだろうか？

わたしは携帯電話で時間を確認した。指先が白くなっていた。触ってみたが、何も感じなかった。十分後、相変わらず血は巡ってこなかった。わたしはそのことをケランに知らせた。彼はわたしの手を取ると、温かい彼の手で包み、冷たいな、これは普通じゃないぞと言った。でも、わたしはもともと冷え性だから。彼は首を横に振り、わたしの手を彼の上着のポケットに入れた。

ミュージアムの最後の部屋は軍の野営地を再現したものだった。部屋の奥に蠟人形が何体か藁の上に寝そべっていた。その部屋は土産物売り場の役割も果たしていた。

平壌で作られた酒、子どもたちが描いた絵、北朝鮮の指導者の肖像が刻まれたバッジなどを購入することができた。レジのところにはグレーの制服を身につけた女性のマネキンが立っていて、目の前をじっと見つめていた。近づくと、まばたきした。生きている。生身の売り子だったのだ。わたしは彼女の視線の動きを捕えようとした。しかし、彼女は唇をかすかに動かすことも、眉を上げることもなかった。

わたしはケランにもう帰りたいと伝えた。

帰る道すがら、わたしたちは口をきかなかった。絶え間なく打ちつける雨のせいで、海はまるでウニの棘のようにささくれ立っていた。ケランは左手だけで運転し、ギアの上に置いた右手がかすかにわたしの膝に触れていた。彼の手袋はわたしたちのあいだに置かれたスケッチブックの上に載っている。インクのせいで彼の爪は汚れていた。きまりが悪くなったわたしは、できるだけドア側に身を寄せた。シートのリクライニングのせいで、居心地の悪い体勢を我慢しなければならなかった。

その晩もう一度、わたしは戸の隙間から彼を盗み見した。机に向かって腰を曲げて仕事をする彼は、実物以上に年取って見えた。彼は上半身を反らした女性の姿を走り描きしていた。胸には何もつけておらず、足はお尻のカーブで半ば隠れていた。女性は布団の上に寝そべっていた。彼は床の寄せ木をひとつ描き、布団の細部をつけ加えた。まるで女性を仕上げるのを避けているかのようだった。しかし、顔のないその身体は、生命をよこせと要求していた。鉛筆で背景を描き終えると、彼はペンを取り、いよいよ目に取りかかった。女性は座っていた。背筋をピンと伸ばして。髪の毛は後ろになでつけられている。顎は口が描かれるのを待っていた。ペン入れのリズムに従ってケランの呼吸が荒くなり、やがて紙の上に真っ白な歯が現れ、爆笑が弾けた。女性にしてはあまりに低い声。ケランが瓶のインクをすべてぶちまけた。女性は千鳥足でよろめき、まだ叫ぼうとするが、漆黒の闇が唇のあいだに忍び込み、やがて彼女は消えてしまった。

韓国のサーチエンジンで《ヤン・ケラン》と検索したところで、いかなる情報も手に入らなかった。一方、google.frで検索すると、彼のバンド・デシネの抜粋がいくつかヒットした。彼が描く絵には《ヤン》という署名が入っていた。彼の最もよく知られたシリーズ作品の最終巻である第十巻が来年発売されるらしい。読者や評論家のコメントを通じて、わたしはそれが世界中を旅する考古学者の物語だと知った。巻ごとに行き先は異なるのだが、毎回、白黒の墨絵でひとつの旅が描かれている。セリフはなく、そもそも言葉も少ない。主人公は孤独な男だ。作者との外見の類似が目を惹いた。他の登場人物たちはしばしば影の形でしか描かれず、それだけに主人公の輪郭が際立っている。他の登場人物たちよりずっと大きくのろまであることもあれば、ずっと小さいこともある。とにかく主人公だけがくっきりした描線で描かれている。他の登場人物たちは椅子や小石、葉っぱのうしろに紛れ、目立たない。ある賞の授賞式に臨むケランの姿を撮った写真が一枚あった。彼は困惑しながらも、微笑んでいる。彼の隣には、彼と同じくらいの背丈の、角ばった顔をした、赤毛のショートカットの女性がいた。広報担当かしら？　あるいは奥さん？　一緒にいて居心地がよさそうではなかった。妻のある男性が、帰国の予定を決めずに旅に出ることなどないだろうとわたしは思った。その女性は、あの晩、わたしが覗いていたときに彼が描いた女性には似ていなかった。絵の女性はもっと輪郭が柔らかだった。

冷たい光がわたしの部屋中に広がっていた。窓を開けた。すっかり目が覚めると、わたしは窓を閉めた。一旦はセーターに袖を通したが、やっぱり気分が変わり、アクリルのチュニックに着替えた。鏡に映った自分の姿をじっくり眺め、チュニックを脱いだ。髪の毛が逆立っていた。わたしは手のひらを舐め、髪の毛を撫でつけ、再びセーターを身につけた。

キッチンに着くと、カップルの彼氏のほうがだらしのない格好で佇んでいた。彼女のほうはまだ眠っていて、朝食には来ないだろうということだった。日本人の姿もなかった。ケランは待つだけ無駄だ。暇を持て余したわたしは、ミルクをたっぷり入れたカフェオレを飲んだ。

携帯電話が鳴った。ジュノだった。二日前に出発して以来、彼の存在感はめっきり薄くなっていた。仮採用が決まってもうしばらくソウルにいなければならなくなったということだった。わたしの近況は訊ねずに、わたしに会えなくて寂しいと言った。

パク老人が姿を現した。彼はわたしにあんこを添えたトックのお菓子を出してくれと言った。登山家の姿を見ましたか？　あの日本人なら昨日、東京に帰ったよと彼は口をもごもごさせながら言った。部屋の清掃をしていたら、とっくに知っていただろうに。

「昨日は非番だったじゃないですか」わたしは言い返した。

非番だって掃除したらいいじゃないか。新規の客が来たらどうする。客なんてめったに来ないじゃない。わたしは心の中で茶化して言った。

パク老人はフロントに立ち、午前中ずっとわたしを横目で監視していた。おそらくわたしがフランス人を他の客と同等に扱っていないことに気づいたのだろう。ケランが到着してもう二週間が経過していた。姿を見ることは稀だったが、彼は出かけているときでも、部屋の戸をかすかに開けていた。わたしは彼の荷物を動かさないよう細心の注意を払いつつ、入念に掃除をした。時には彼のシリーズの主人公を描いたスケッチが置かれていることもあった。完成した絵はなく、彼は何枚もの紙を捨てていた。夜のスケッチから立ち現れたあの女性も、ビリビリに破かれてゴミ箱に捨てられていた。

その日の午後、わたしは母と伝統衣装を買いに行く約束をしていた。旧正月が近づいてきていた。母によれば、そろそろわたしもチマチョゴリを持っていていい年頃だった。そう言われて、わたしは思わず笑ってしまった。お正月(ソルラル)に伝統衣装を着なくなってもう何年も経っていたが、今年は伯母がソウルからわたしたちを訪ねにやってくることになっていた。だから母はできる限りわたしにおめかしさせたいのだ。

キムおばさんの屋台のある路地を歩いていると、ケランが毛布を腕に抱えて、目の前に現れた。彼の足元には氷が張っていたが、そのことを伝える間もなく、彼は滑って転んでしまった。わたしは彼のもとに駆け寄った。

「しかし、真っ暗だな」彼は顔をしかめながら立ち上がった。

「冬だから……」

「うん」

「慣れますよ」

「本当に?」

彼は濡れた箇所をぬぐった。寒さで顔が真っ赤だった。

「ええ」嘘だった。

わたしは周囲を見渡した。

「ほら、ネオンもあるし……。慣れますよ」

彼は左右の手袋をこすり合わせ、泥をはらい落とした。わたしは地面に落ちた毛布を指さした。

「洗濯物を預ける気になりました?」

わたしの皮肉を気にも留めず、ケランは毛布を拾い上げた。インクをこぼしてしまったんだ。すまない。心から申し訳なさそうにしているので、わたしは気にしないでくださいと言った。

「じゃあ、お願いできるかな?」彼はほっとした様子で言った。

わたしが両手を差し出すと、彼は首を横に振った。

「君に運ばせるわけにはいかない。洗ってもらっていいかってこと」

「だから、いいですって」

「洗濯機の中に入れておけばいいのかな？」

「いいえ。インクを落とすには特別な洗剤が必要なんです」

彼は肩を落とした。

「部屋に置いておいてください。わたしがやりますから」

「弱ったな。君の都合のいいところまで持っていくよ」

母との約束の時間に遅れそうだったが、わたしはこの思いがけない出来事がうれしかった。


ランドリールームで、わたしはケランに彼の仕事のことを少し調べたと伝えた。君はバンド・デシネを読むのかいとケランが訊ねた。ほとんど読まないけど、興味はあります。

「シリーズの最終巻がもうすぐ出るんですよね？」

「出版社によれば、そうだね」

「インスピレーションが湧かないんですか？」

彼はかすかに微笑んだ。

「インスピレーションなんて仕事のごく一部に過ぎないよ」

「あなたの絵はきれいだと思います」

わたしは、そういえば、あるイメージの何がきれいで何がきれいでないのか、その客観的な基準を知らなかったなと思った。

「とにかく、わたしは好きです」

彼の描線のどこに魅了されているのか、詳しく教えてくれなどと言われないことを願った。少なくとも英語では無理だ。かと言って、フランス語はここ二年間ひと言も発したことがなかった。わたしはケランが背後にいることに居心地の悪さを感じながら、毛布に染み抜き剤を塗った。ランドリールームは蒸し暑かった。しまった、脇の下にデオドラントを塗るのを忘れてた。ようやく彼がランドリールームからいなくなった。わたしはシーツを広げた。あの夜、彼が絵を描いていたときに着ていたシャツが落ちてきた。両手でつかみ、くしゃくしゃにすると、リネンから彼のにおいが立ち昇った。

母に見守られながら、わたしは店員が薦めるさまざまな上下の組み合わせを試着した。最終的に若さを象徴する色である赤と黄で落ち着いた。胴衣（チョゴリ）は袖のところがふくらんでいて、シルクのスカート（チマ）は胸のすぐ下から始まり、わたしの身体を足まですっぽりと包んでいた。なんだか太ったみたいだった。

店から出ると、母がショーウィンドウを振り返り、金の刺繍が施されたピンクのブラウスを吟味し始めた。

「これ、どう思う?」彼女は訊ねた。

わたしは笑った。母は唇を噛み、うつむいた。わたしは取り繕うように言った。違うの、別になんでもないのよ。試着してみたらいいじゃない。しばらく服を買ってないんでしょ。ハンドバッグを肩に掛け直しながら、彼女は、でも似合わなそうだしと返事をした。

魚屋の合成繊維の制服姿ではない母を見るのは、めったにないことだった。その日、彼女はベロアのパンツにウォーキングシューズという出で立ちだった。髪をバンダナでまとめていたが、それが口紅とまるで調和していなかった。彼女は横隔膜を手をあてて支えるようにして歩き、呼吸が不規則だった。わたしが心配そうな顔をすると、彼女は大丈夫、ちょっと痛いだけと答えた。きっと湿気のせいよ。わたしは病院で診てもらいなさいよと言った。

「わたしの心配はいいから。ほら！ 食事でもしましょう。せっかく一緒に外に出たんだから」

わたしはしぶしぶ彼女についていった。

港の入口にある掘っ立て小屋の食堂で、彼女は野菜と海産物が入ったチヂミと東草の特産マッコリを注文した。わたしは量を見定めながら、口の中に料理を入れた。

「いい色の服が買えてよかったわね」母が言った。「結婚するときにまた使えるんじゃない。長く着られるようにしっかり体型を維持しなさいよ」

わたしは噛む速度を速めながら、碗に入ったマッコリを箸の先でかきまぜた。なみなみとつがれたマッコリを時間をかけて飲み干す。真っ白な厚みのある酒が食道を覆い、やがて胃の底に落ちる。母は市場のこと、商品の到着の遅れについて話していた。一週間後のお正月（ソルラル）の献立にはフグが必要なのだが、タコしかないとかなんとか。そのうち彼女の声が遠のいていき、わたしはとめどなく食べ、飲んだ。

　フグの内臓には毒がある。だが、その透明な肉を並べた刺身は、まごうことなき芸術作品だった。この街の女性で唯一フグ調理師免許を持っている母は、ここぞという機会には必ず、フグ料理を出すのだった。

　思わずわたしはむせた。マッコリがコートにかかった。おしゃべりをやめずに、母は自分の口元の油をぬぐったばかりの紙ナプキンで、わたしのコートを拭いた。染みから凝固した牛乳の臭いがし始めた。母はわたしの碗に酒をなみなみとついだ。わたしは吐き気を覚えた。それでも飲み食いをやめなかった。母の前だと、いつも食べ過ぎてしまう。わたしの食べっぷりを喜び、母はチヂミを追加注文した。

「食事をしてるときのあんたは、とってもきれいだね」

　わたしは涙をこらえながら、どうにかこうにか喉の奥に押し込んだ。むりやり詰め込んだ食事でお腹はパンパンだった。わたしはやっとの思いで旅館まで歩いて帰ったのだった。

お正月(ソルラル)は家族で過ごすのが慣例だった。お雑煮(トックク)を食べて、お墓参りをし、先祖のお墓にお餅を供える。次の正月もそうなるものと、母はわたしに全幅の信頼を寄せていた。わたしはパク老人に相談していた。あらかじめお雑煮(トックク)を作っておくから、パク老人と包帯の女の子は、それを温め直すだけでいい。ケランも同様だ。わたしの料理を口にする気になればの話だが。

彼氏がソウルに帰ってしまってからというもの、女の子は自室にこもりがちだった。彼女のベッドの上には、脱いだままほったらかしになった服とメンタルヘルスの雑誌がいくつか無造作に置かれていた。心理テストコーナーを見ると、どれもびっしり答えが埋まっていた。時々、わたしもテストに答えて、比較してみた。あなたは犬派、それとも猫派？　彼女はどちらでもなかったが、わたしは猫派だった。時には共有スペースにやってきて、テレビでドラマや中国や香港の映画を観ることもあった。彼女の顔からは包帯が一枚減っていた。それでもまだ顔の輪郭はよく見えなかった。

お正月（ソルラル）の準備で、東草はにぎわっていた。中央通りに沿うように電飾が施されていて、それがスカイブルーの金属製の凱旋門まで続いていた。つい最近、イルカの風船が装飾に加わり、おどけた様子で、《ロデオ・ストリート》と書かれた看板をヒレの間に掲げて揺れていた。

スーパーでの買い物がてら、わたしは韓国マンガ（マンファ）と日本マンガ売場に立ち寄ってみた。品揃えはあまりよくなく、西洋の作品はひとつも置いていなかった。棚を適当に漁っていると、かつて読んだ数少ない韓国マンガ（マンファ）の中でも、これはよかったというものが見つかった。大昔の韓国を舞台にした母と娘の物語。とてもはっきりした色とりどりの絵で描かれていて、ケランの絵とは大違いである。わたしはその本を買うことにした。

ケランは共有スペースで『コリアタイムス』をめくっていた。わたしに気づくと、彼は新聞を閉じた。わたしは彼に韓国マンガ（マンファ）を差し出した。

「韓国語だけど、セリフはほとんどないから……」

彼は、まるで字を覚えたての子どものように、人差し指でコマをひとつずつ辿っていく。十ページほど読んだところで、彼は顔を上げた。腹が減ったな。一緒に晩飯を食わないか。わたしはうろたえ、すぐに返事をすることができなかった。彼が返事を待っていたので、わたしはラディッシュのシチューでも作りましょうかとどうにか答えた。ケランは外に食べに行きたがった。わたしはむっとしたが、それなら、海岸沿いの魚料理屋にしましょうと言った。

立ち並ぶ掘っ立て小屋の食堂の前には、どれも風よけのシートが張られていた。客は老人ばかりだった。彼らのわめき声が、スープから立ちのぼる湯気やキムチのにおいと交ざり合っている。こちらにタコの専門店があったかと思えば、あちらにはカニや生魚の専門店があった。ケランは、店内がやかましい、においがきつい、座席がないと、もっともらしい理由を並べたてて、首を横に振った。彼は静かな場所がいいと言った。とはいえ、贅沢は言っていられなかった。埠頭の先には、ダンキンドーナツ以外にお店などなかった。とうとう彼はある屋台を指さした。入ったことのないお店だった。他からは離れていて、一番静かだった。

風よけシートをめくると、テーブルが三つあった。椅子は赤いプラスチック製である。男性の店員がポリ袋をテーブルの上に敷いた。それがテーブルクロス代わりだった。それからグラスに白湯を入れてもってきてくれた。すきま風が吹き込んできた。ケランは身体をこわばらせている。他の場所を探しましょうか？　いや、申し分ない。店員が英語で書かれた簡単なメニューを持って戻ってきた。要らないです。わたし、壁の韓国語を読めますから。わたしの話を聞こうともせず、店員はメニューを置いた。

「ご両親のどっちがフランス人なんだい？」ケランがだしぬけに訊ねた。

　わたしはびっくりして彼を見つめた。

「宿の主人に訊ねたんだよ。ただの好奇心さ」

「パクさんはなんて？」

「思っていたとおりのことさ。君がフランス人と韓国人のミックスで、フランス語を完璧に話すってこと」

「あの人は何も知らないんです。フランス語だってわからないし」

　わたしは母がこの土地の生まれなのだと説明した。わたしが父について知っている唯一のことは、ふたりが出会ったとき、父が水産工学の仕事をしていたということだけだった。店員が注文を取りにきた。焼き魚に焼酎（ソジュ）をボトルで。ケランはわたしをまじまじと観察した。わたしは彼の視線を逃れるように、店の奥にある厨房に目をやった。タイル、踏み固められた土、包丁がまな板を叩く音、火にかけられたスープがゴボゴボいう音。わたしは箸をいじり回した。ケランがテーブルに身を寄せる。

「傷はふさがったみたいだね」

「浅かったから」

脚を動かす際に、彼の脚に触れないように注意しなければならなかった。酒と魚、キムチ、ポテトサラダを持って店員が戻ってきた。ケランはスプーンですくって、申し訳程度に食べた。

「マヨネーズか。こんなところまでアメリカナイズされてるとはな……」

「マヨネーズはフランスでしょ。アメリカじゃないわ」

彼は愉快そうに、顔を上げた。わたしたちはしばらく何も言わずに食事をした。ケランは箸の使い方が下手だった。わたしはこう持つのよと教えてあげた。だが、ふた口も食べると、手の位置がもとに戻ってしまった。わたしは再び箸の持ち方を直すことはしなかった。相変わらず彼が黙っているので、ここ最近、日中は何をしているのか訊ねた。散歩に出かけたり、街のさまざまな場所を発見したり、アイディアを練ったりかな。これまで作品の中で描いた場所はすべて訪れたの？　ああ、たいていはね。

韓国に来たのはこれが初めてとのことだった。

「最終巻の舞台は東草になるんですね」わたしは言った。

「前にも聞いただろう」

「もう二週間も前の話でしょ。あのときはまだわからないということだったし」

「東草は物語の舞台にいい場所だと思う？」彼が訊ねた。

物語次第だと思うとわたしは答えた。ケランは、まるで秘密を打ち明けでもするかのように、テーブルの上に身を乗り出した。

「ここを物語の舞台にする場合、手助けしてくれるかい？」

「え？」

「いろいろ教えてほしいんだ」

「東草には何もないですよ」

「そんなことはないだろ」

わたしは焼酎（ソジュ）を数口飲んだ。頬が熱くなった。しばらく考えてから、わたしは彼に絵を描く情熱はどこから来るのかと訊ねた。さあねと彼が答える。ずっとバンド・デシネの読者だったんだ。子どもの頃には、お気に入りのコマを何時間もかけて真似たものさ。たぶんそこから来ているんだろう。

「夢を実現したってことですか？」

「こんなふうになれるとは思ってもみなかったってのはたしかだな」

彼は顔を背けて、口に残った魚の骨を取り出した。それから、彼は再びわたしに訊ねた。それで、手助けはしてくれるのかい？

「さもなければ、行ってしまうってことですか？」

「そうしてほしい？」

「いいえ」

彼は微笑んだ。一度絵を描いているところを見せてもらってもいいですか？　彼は焼酎（ソジュ）をひと口飲んで答えた。

「お好きなように」

これは時に「できればやめてほしい」という意味にもなるし、文字どおり「好きにすればいい」という意味にもなる言葉だ。この場合、どちらなのだろう。わたしはこの言葉が大嫌いだった。

マイナス二十七℃の冷気が夜の街を包んでいた。近年稀にみる寒さだった。毛布にくるまりながら、わたしは両手に息を吐いては、両ももの間でこすった。外では、波が寒気の襲来にどうにか耐えようとしていたが、その動きは重く、ゆっくりとなる一方で、最後には、戦いに敗れでもしたかのように崩れ落ち、浜辺で砕け散るのだった。コートも着込んで、ようやくわたしは眠りに落ちた。

翌朝、わたしの部屋と日本人がいた部屋のラジエーターが止まってしまった。パイプの中の水が凍ってしまっていたのだ。修理をしてもらっているあいだ、パク老人はフロントにある予備の暖房器具を持っていくといい、フロントにはまだストーブがあるからと言ってくれた。わたしは彼に、でも、そのストーブ、五〇年代の製品で使い物になりませんけどと答えた。既に試したことがあったのだ。どのみち、今のわたしの部屋は下水の臭いがひどくて我慢の限界だった。わたしは別館のもうひとつの部屋に移らせてくれとお願いした。パク老人はため息をついた。このあばら屋では何ひとつまともに動かんな。仕方ない。

キムおばさんがレンジに再度火をつけようとしていた。わたしが服や化粧道具を抱えて通りがかると、彼女はやれやれといった様子でカウンターに寄りかかった。待つしかないね。あまり長引かないといいけど。彼女の店の冷蔵庫は一日おきに止まってしまっていた。肉の保存上いいわけがない。もっとも、客などめったに来なかったが。

ケランは机に向かっていた。わたしたちのあいだには薄いふすましかなかった。彼が荷物を運ぶのを手伝うよと言ってくれた。結構です。これで全部ですから。

共同浴室に彼の筆が何本か干してあった。毛先からインクと石鹸のしずくがしたたり、洗面台の穴に吸い込まれていく。コップの中には彼の歯ブラシとフランス製の歯磨き粉が入っていた。わたしは彼の歯磨き粉を使ってみた。食器用洗剤とキャラメルを混ぜたようなひどい味がした。使ったことをケランにけどられないように、チューブの形を整えておいた。濡れた靴下が椅子の背に広げられている。ランドリールームの一件以来、彼はわたしに汚れていない洗濯物しかよこさなかった。わたしは風呂に湯をため、服を脱いだ。湯が熱すぎた。椅子に座って待つことにした。湯気のせいで眼鏡がくもる。眼鏡をかけているのが嫌になった。ケランの前ではもうかけるのはやめよう。眼鏡をかけると目が小さく見える。まるでネズミみたい。

湯舟に浸かると、わたしはできる限り身体を水平にするという遊びに興じた。身体の一部が空中に出ないように頑張るのだが、どうしてもお腹や胸、膝が出てしまう。浴室を出ると、ケランがタオルを手に戸の外で待っていた。セーターはもう脱いでいた。リネンのシャツの下に肌が透けて見える。彼は、ネグリジェの下のわたしの乳房をちらりと見たかと思うと、視線を落として脚を眺め、すぐにまた視線を上げた。そういえば傷痕が丸見えだったと思い出し、わたしは嫌な気持ちになった。彼はおやすみと言うと、いくぶん慌ただしく戸を閉めた。

しばらくしてベッドに横になっていると、ペンのカリカリいう音が聞こえてきた。わたしはふすまに耳を押し当てた。じりじり、むずむずしてくる。不快とすら言ってよかった。それは長続きしなかった。わたしはケランの指がクモの脚のように動き回り、視線を上げ、モデルの女性をねめ回し、紙に向かい、再び視線を上げ、インクが期待を裏切っていないか確認し、彼が線を引いているあいだ、女性が逃げないかたしかめている光景を想像した。女性は胸からもものの付け根のあたりまでを布切れで覆っていて、顎を上げ、片腕を壁にもたせかけ、高飛車な様子で彼に語りかけ、彼を誘惑している。だが、以前何度かあったように、恐怖にとらわれ、彼がインクをぶちまけると、彼女は消えてしまった。

ペンの音は続いた。まるで子守歌のようにゆったりと。眠りにつく前に、わたしは彼がわたしの心の中に生んだイメージをとどめようとした。それらを忘れてしまわないように。なぜなら、明日、わたしが彼の部屋に入ったら、それらが消えてしまうことはたしかだったからだ。

寒さのあまり硬化症にかかった旅館で、わたしにできることは大してなかった。朝食の洗い物を済ませてしまうと、わたしはフロントでパク老人と並んで時間をやり過ごした。彼はテレビを見ていた。彼がこちらを向いていないのをいいことに、わたしは新聞の求人欄に限なく目を通し、束草でできそうな仕事を探した。造船場の現場監督、船員、ダイバー、犬の散歩。インターネットでケランの物語のあらすじを読み、彼の主人公と一緒にエジプトやペルー、チベット、イタリアを旅した。フランス行きの航空機チケットをいろいろ比較し、旅費を貯めるのにどれくらいここで働かなければならないのか計算した。もっとも、実際に行かないことはわかりきっていた。パソコンの上では日本製の猫が前足を動かしている。例によって鬱陶しい笑顔。最初のうちはかわいいと思っていたのだから、不思議なものだ。

コガネムシが机に沿って歩いていた。虫はわたしの目の前に置かれた管理台帳の前で止まった。この冬を生き延びたのね。きっと屋内に隠れていたんだわ。わたしは虫をそっとつまんだ。脚が空中でじたばたと動く。長い触角を振り回し、盛んに命乞いをしているように見える。仰向けにひっくり返して、腹を眺めてみた。美しい。つやつやして、ぷっくら膨らんでいる。パク老人はつぶしてしまえと言うが、わたしはこの子を傷つけたくない。このような虫を殺したことは今まで一度もない。窓から外に逃がしてやるのだ。そうすれば、外で勝手に死ぬだろう。

ある晩、わたしは母とチムジルバンで待ち合わせをした。彼女は一糸まとわぬ姿で、いちご牛乳の瓶を二本手に持ち、髪の毛に卵パックをしたまま、脱衣所でわたしを待ち受けていた。浴室に入ると、椅子に座り、わたしが母の背を、母がわたしの背をこすり合った。

「また痩せたんじゃない？　ちゃんと食べなきゃダメよ」

手が震え始めた。母にこういった小言を言われると、思わず自分の身体を壁にたたきつけたくなる。

わたしたちのそばを三人の女性が、ピンクの吸い玉を肩甲骨のあたりにつけたまま歩きまわっていた。一番若い女性はわたしと同じくらいの年頃だが、もう乳が垂れている。わたしは自分の胸をまじまじと見た。おたまをふたつ伏せたように硬い。ホッとして、ひと足先に硫黄風呂に入っている母のもとに向かう。髪をシャワーキャップにまとめ、湯気に包まれる母の姿は、触ると煙を吐き出すキノコを思わせる。彼女の胸が不規則に上下する。やっぱり病院で診てもらいなさいよ。母は余計なお世話よと言わんばかりに手を振った。

「それより旅館のほうはどうなの?」

わたしは包帯の女の子の話をした。

「あんたも手術したいなら、少しくらい出してあげるわよ」母が言う。

「わたしってそんなに不細工かしら」

「バカ。実の母親がそんなこと思うはずがないでしょ。でも、整形したら、いい仕事が見つかるかもしれないわよ。ソウルではそういうもんだって言うじゃない」

思わずイラッとして、わたしは仕事を変えるつもりはないわよと言った。旅館で働いていたら、いろんな人と出会えるもの。マンガ家だっているのよ。すごくいい仕事をしてるんだから。彼がフランス国籍だということは言わなかった。

　そういえば、わたしが家を出てからというもの、母がどんな暇つぶしをしているのか、わたしは知らなかった。わたしが子どもの頃はどうだったか思い出そうとしてみた。テレビ。砂浜。人と会った記憶はほとんどない。小学生の頃、授業が終わると、母が迎えにきてくれたものだが、他の母親たちと世間話に興じている様子はなかった。同級生たちから、どうして父親がいないのかと詮索された。バスに乗れる年頃になってからは、ひとりで帰ったものだった。

　脱衣所に戻ると、わたしたちはパジャマを羽織り、男女共用スペースに向かった。床に寝転がり、木製の枕に頭を乗せ、ゆで卵の殻をむきながら、オオムギの粥をすする。帰宅する段になって、わたしは珍しく旅館に戻るねと言った。やらなきゃいけないことがたくさんあるの。実を言えば、母と一緒のベッドで眠ることに耐えられないというだけの話だった。母はどこか悲しそうだった。わたしは申し訳ない気持ちになったが、意思が変わることはなかった。

　別館の路地まで来ると、キムおばさんが、どうしたの、顔色が悪いじゃないと呼びかけ、肉団子をひとつくれた。わたしは解凍されたかと思えば、また冷凍される彼女の肉のことを考えた。次の路地に入ったところで、わたしはゴミ箱を漁っていた犬に肉団子を放り投げた。

わたしの部屋の戸にメッセージが画鋲でとめられていた。フランス語である。明日、よかったら雪岳山（ソラクサン）国立公園に一緒に行ってくれないかというお誘いだった。明日は非番の日だった。彼はそのことを覚えていたのだ。

一転して寒さが和らいだその日、雪はこちらで溶けて急流に崩れ落ちたかと思えば、あちらではその重みで山腹に群生する竹をたわませていた。風は凪いでいた。ケランはわたしのうしろを歩いていた。わたしは彼のためにパク老人からかんじきを借りてきてやった。時折、立ち止まり、彼は手袋を外して、氷に覆われた木の幹や岩に触れ、その音を聞いた。それから再び手袋をはめ、ゆっくりと登っていくのだった。

「冬なんてつまらないわ」わたしは我慢できずに言った。「もう少ししたら桜だって咲くし、竹だって青々としてきます。どうせなら、春に見なきゃ」

「その頃にはもういないよ」

彼は再び立ち止まり、周囲に目をやった。

「こういう飾りけのないのもいいもんだ」

わたしたちは洞窟に到着した。そこには小さなお寺があって、奥まったところに仏像がなん体か安置されていた。ケランはそれらを注意深く見て回った。ケランはこの山にまつわる伝説や朝鮮のおとぎ話を知りたがった。物語の中で使えるかもしれない。わたしは子どもの頃に母から聞いたお話を語った。天の王の息子である檀君(タングン)のお話で、朝鮮で最も高い山に降り立った彼は、熊女と結婚し、朝鮮の人々の礎を築いたのだという。それからというもの、この山は、天と地を結ぶ橋の象徴となったのだ。

二時間登ったのち、わたしたちはある岩の上で休憩した。ケランは靴紐を結び直し、ペンとスケッチブックを取り出すと、竹をスケッチし始めた。

「いつも持ち歩いているんですか？」スケッチブックを指さしながら訊ねた。

「たいていはね」

「下描きですか？」

彼はいらだっているかのように額に皺を寄せた。その言葉は好きじゃないんだ。そんなもの、なんの意味もない。物語というものはあらゆる瞬間に立ちあがる。どの絵も同じくらい重要だ。

寒さが耐えがたくなってきた。しばらくして、わたしは彼の絵に身をかがめた。

「まるでトンボが飛んでるみたい」

彼は腕を前に伸ばし、スケッチブックを遠目に吟味した。

「たしかにそうだな。こいつは失敗だ」

「失敗？　きれいなのに」

ケランは絵を見直して、微笑んだ。それから彼は崖のほうに近づいていき、下に広がる谷を眺めたが、霧のせいでよくは見えなかった。カラスの鳴き声が聞こえる。

「君はずっと東草に？」

「大学はソウルでした」

「ここはだいぶ違うんだろうね」

「そうでもありません。伯母のところで暮らしていたから」わたしは笑って答えた。

ケランはよくわからないといった様子でわたしを見つめた。夏には海水浴客がたくさん来て、ソウルよりもごった返すんですよと、わたしはもっとまじめな調子で言葉を継いだ。特に有名な俳優が出演した『初恋』というドラマの撮影があってからはね。ファンがバスに乗って聖地巡礼にやってくるんです。ドラマは見ました？　彼は見ていなかった。

「どうして戻ってきたんだい？」彼が訊ねた。

「別にずっといるつもりはないけど……。パクさんが旅館を手伝ってくれる人を必要としていたから」

「君しかいなかったの？」

からかいめいたものを嗅ぎとったわたしは、そっけなく、ええと答えた。海外で勉強を続けるための奨学金に応募しようと思っていると言うこともできたが、そうはしなかった。ケランは一生旅館にいるつもりなのかと訊ねた。

「いつかはフランスに行ってみたいけど」

「来ればいい」

わたしはうなずいたが、母を置いていくわけにはいかないのだとは明かさなかった。ケランは何かつけ加えたさそうにしていたが、それがなんだかわからず、やがて気が変わったようだった。それじゃあ、どうしてフランス語を勉強しようと思ったんだいと、彼はわたしに訊ねた。

「母に理解できない言葉を話したくて」

彼は眉を上げたものの、敢えてコメントしない気遣いを示した。彼はポケットからミカンを取り出すと、わたしにその四分の一を差し出した。お腹は減っていたが、わたしはいらないと言った。

「フランスってどんなですか？」

ひと言でまとめるのは無理な話だった。あまりに広大だし、地域によっていろいろだ。食事はおいしい。個人的にはノルマンディーの灰色がかった厚みのある光が好きだ。いつか遊びに来ることがあれば、アトリエに招待しよう。

「フランスを舞台にバンド・デシネを描いたことはないんですか？」

「ないね」

「東草のほうがずっとつまらなそう」

「どうだろうな」

「多くの芸術家がノルマンディーを描いているじゃないですか。モーパッサンにモネだって」

「モネを知ってるのかい？」

「ちょっとだけですけど。モーパッサンを読んでいたとき、教授がノルマンディーのことを話してくれたんです」

雲を見ながら目を細めるケランが、突然、遠くに感じられた。わたしたちは足を引きずりながら、山を下りた。今度はケランが先だった。滑りかけたわたしは、思わず彼につかまった。

旅館の前の浜辺で、ひとりの海女（ヘニョ）が獲れた魚を選別していた。寒さのせいで、彼女のウェットスーツから湯気が立ち昇っていた。ケランが岩の上にしゃがんだ。バランスを取るために片腕を表面についている。波がわたしたちの足元まで上がってきた。わたしはケランにこの女性たちは済州（チェジュ）島出身で、一年のどんな時期でも水深十メートルまで潜って、貝やナマコを獲ってくることができるのだと教えた。

ごわごわした手で、海女（ヘニョ）はマスクを海藻でこすり始めた。わたしは彼女から貝をひと袋買った。ケランはまだ見ていたいと言ったが、わたしの身体は冷え切っていた。彼は本館までわたしについてきた。わたしは彼に今日は夕食に来るのかと訊ねたが、いや、行かないという返事だった。

夕食はわかめスープ（ミヨックク）に白米、ニンニクの酢漬け、どんぐりの煮凝り（トトリムク）だった。女の子はスプーンで少しずつすくって食べた。咀嚼するのが難しそうだったが、気に入ってくれたようだった。彼氏が去ってからというもの、彼女は一日中パジャマ姿だった。包帯はさらに薄くなってきていた。彼女はまもなくここを去ることになっていた。

ネグリジェに着替えている最中にジュノからメッセージが届いた。すまないけど、タレント事務所の人使いが荒くて、お正月(ソルラル)は一緒に過ごせそうにない。でも、最高に楽しいよ。おまえの体中を舐め回したい。おっぱいにむしゃぶりつきたい。会えなくて寂しい。あとで電話する。

ケランが帰宅し、コートを脱ぎ、共同浴室に向かう音が聞こえた。部屋に戻ってくると、彼は机に向かった。わたしは部屋を出て、わずかに開いた戸の隙間から彼を観察した。

彼の指がおずおずと紙の上を滑っていった。身体のプロポーションを決めかねているのか、筆も自信なさげである。とりわけ顔だ。描かれた女性は、どこか東洋風である。ケランは女性を描くのに慣れていないに違いない。彼が描く女性キャラクターはほとんど見たことがない。ゆっくりとだが、彼の描線は確固としたものになっていいった。女性はドレスをまとって旋回し始めた。痩せぎすだったかと思えば、なまめかしく、両腕を広げてみせたかと思えば、閉じ、常に身をよじっていた。彼の指が彼女を形作っていく。時折、ケランは紙の端をちぎり、噛むのだった。

ベッドに寝そべりながら、わたしはジュノのメッセージを思い返した。自分の中に男を感じたいと思ったのはずいぶん久しぶりだった。両脚のあいだに片手を滑り込ませ、そっと押してみる。そう言えば、壁の向こう側にケランがいるんだった。思わず手が止まる。だが、ムラムラした気持ちは収まりそうになかった。既にじっとり濡れている性器に再び手を置く。もう片方の手で、まずはうなじを、続いて乳房をつかむ。男にもみしだかれ、腰の奥深くを満たされることを想像しながら。愛撫は次第に速く、強くなり、やがて脚ががくがくと揺れ、快楽のあまり、うめき声が漏れ出た。

絶頂に達すると、わたしはぷっくらふくらんだ唇に手を当てたまま、ホッと息をついた。それから、まだ癒えぬ傷口から包帯を引きはがすように、手を離した。ケランに聞かれたかしら？　きっと聞かれたに違いない。

突然、夕食の残り物を冷蔵庫に入れ忘れたことを思い出した。入れておかないと、傷んでしまう。わたしは服を着替え、廊下でケランと出くわさないことを祈りながら、部屋を出た。

外はしいんと静まりかえっていた。キムおばさんの屋台の上で、ネオンがチカチカしている。わたしは思わず飛びのいた。コウモリが一匹、空気を引き裂くように飛んでいった。

共有スペースの掛け時計を見ると、もう深夜の一時になろうとしていた。女の子がテレビの前に陣取り、チョコパイを舌で舐めるように、少しずつかじっていた。チョコパイを両手に持つその姿は、まるでハムスターだった。彼女はすっかり正体をなくしていた。テレビのスクリーンではなく、少し上を見つめている。テレビの音声はミュートにしてあった。

「大丈夫？」

彼女はうつろな目をしたまま、顔を少し動かして、うなずいた。電飾のせいで、包帯がピカピカと輝き、傷痕が浮き上がって見えた。両のまぶたに鼻、顎。顔中に切れ目が入っている。きっと気まずい思いをさせてしまったのだろう。彼女は共有スペースを出ていった。彼氏が彼女と一緒にお正月（ソルラル）を祝うために、明日の午後やってくることになっていた。

別館に戻ると、ケランの部屋の明かりはもう消えていた。

かれこれ一時間医療センターで待たされていた。結局、わたしが自ら母の診察を予約したのだ。女性の看護師がやってきて、医師が遅れているから、母には他の検査をいくつか受けてもらうと告げた。わたしは医療センターのまわりを散策して時間をつぶすことにした。

街のこちら側に来ることはめったになかった。工事現場、バラック小屋、労働者たち、クレーン、砂、コンクリート。『初恋』で俳優が堤防を駆け抜ける有名なシーンを撮影した橋。ドラマで使ったボートがわたしの目の前につないである。ボートの上には夏からずっと置いてあると思しいクマのぬいぐるみと花束。花束は色あせ、しおれ、霜に覆われている。突風が吹いて、ボートが揺れる。ギシギシという物憂げな音が聞こえる。

さらに進むと、上下にふたつ重ねた水槽が目につく。下の水槽には尾が長い魚が数匹泳いでいる。上の水槽にはカニたちが積み重なって、缶詰になるのを待っている。もはやお互いの目をつつく力もなく、水流に身をまかせている。一匹のカニが別のカニを踏んづけ、水槽の縁にまでよじ登ることに成功した。バランスを取ろうとしたそのとき、水流の力で、カニは下の水槽に落ちてしまった。魚たちが全速力で水槽の中を回り始める。カニは水槽の底に仰向けに着地し、どうにか起き上がろうと、のろのろもがいてみせるが、うまくいかない。そうこうするうちに、カニは一匹の魚の腹びれをはさみでとらえると、細かく切り刻んでしまった。腹びれを失った魚は体がかしいでしまい、気がふれたように暴れたのち、水槽の底に沈んでいった。

通りのはずれには、インドの宮殿をかたどったピンクと金色のホテルがあった。若い女性がふたり、入口付近で胸を反らせて立っている。レザーのショートパンツに穴の開いたストッキングという出で立ちである。

冬と魚をにじませながら、東草は待っていた。

東草はただ待っているだけだった。観光客を、船を、男たちを、春の再来を。

結局、母はただの風邪だった。

ケランと一緒に洛山寺(ナクサンサ)に行くことを、わたしはパク老人に知らせなかった。ケランは束草に来たばかりの頃に寺を訪れていたのだが、もう一度お香を買いにいきたいということだった。夕食の準備まで二時間ほど空いていた。バスは海岸沿いに進んだ。自慰をしたあの晩から、わたしはケランを避けていた。彼は隣の席で、以前、スーツケースの中にあるのを見かけた本を熱心に読んでいた。

「好きな作家なんだ。知ってるかい？」わたしがこっそりのぞいていると、彼が言った。

「いいえ。どこか読んでみて」

彼は咳ばらいをした。

「音読は苦手なんだが……」

わたしはもう目を閉じていた。彼は発音に注意しながら、音読を始めた。文章が難しすぎて、よくわからなかった。わたしは彼の声の抑揚に集中した。はるか遠くの別人の声のようだった。この世界の反対側にいる誰かが発した声のこだまというか。

寺は砂浜の上の断崖にはめ込まれたように存在していた。僧たちは瞑想の最中で、わたしたちはしばらく待たなければならなかった。霧雨が土を濡らし始めた。それから突然、大雨に変わった。まるですべての雨が漏斗に集められ、一遍に注がれたようだった。わたしたちは庇の下に難を逃れた。ザアザアいう音が歌声のように壁の向こうから聞こえてくる。音は中庭で反響していた。建物を取り巻くように龍と鳳凰と蛇と虎と亀の彫像が置かれている。ケランは建物を一周すると、亀の彫像の前にひざまずき、その甲羅に触った。そういえば、小学校の遠足のときに、ひとりの尼僧から、動物たちはそれぞれひとつの季節に対応していると聞いたことがあったっけ。

「五ついるじゃないか」ケランが言った。

「蛇は、ある季節から別の季節への移行を手助けする存在で、軸のようなものなの。亀は冬の守り神よ。春の守り神である龍が蛇を見つけることができなければ、亀はそのまま居座り続けるの」

ケランは首を傾げ、指を亀の首の皺に差し込み、彫像と木製の土台の継ぎ目をしげしげと見つめるのだった。彼はずいぶん長いことそうしていた。

その先の岬には、霧に覆われ、空に飲み込まれるようにして仏塔がひとつ建っていた。わたしたちはそこまで走った。雨がザアザアと大地を打ちつけ、そのせいで近隣の浜辺の有刺鉄線の向こう側に広がる眺めがぼやけていた。小屋が等間隔で並び、そこから軽機関銃の銃口が突き出ていた。わたしはそれらを指さして言った。

「フランスの浜辺はこれほど物騒ではないのでしょうね」

「南仏の浜辺はあまり好きじゃないんだ。人出こそ多いが、心から楽しんでいるようには見えない。俺はノルマンディーの浜辺のほうが好きだね。ひんやりしていて、人出も少ない。戦争の傷痕だって残ってる」

「あなたたちの戦争はとっくに終わってるじゃない」

彼は手すりにもたれかかった。

「まあな。だが、砂浜を足で深く掘ってみると、未だに骨やら血やらが見つかるよ」

「束草のことをバカにしてるんでしょ」

「なんのことだい？　バカになんかするもんか」

「あなたたちの砂浜にはもう戦争なんてないじゃない。戦争の傷痕は残ってるかもしれないけど、みんな今を生きてる。でも、この砂浜では戦争は終わってない。終わりを待ってるの。あまりに長く続いてるから、もう戦争なんてないって思い込んでるだけ。ホテルを建てたり、電飾をつけたりしてるけど、そんなの全部見せかけよ。ふたつの断崖のあいだに張った切れかけのロープみたいなもんだわ。いつ切れるかわからないのに、のんきに綱渡りをしてる。わたしたちはどっちつかずの状態を生きているの。この冬はいつまで経っても終わらないんだわ!」

わたしは寺のほうを振り返った。ケランもわたしに従った。わたしの手は震えていた。わたしは正面をじっと見据えた。

「去年の夏、ソウルから来た観光客の女性が北朝鮮の兵士に銃撃されたわ。海で泳いでる最中に境界線を越えてしまったことに気づかずに」

「ごめん」ケランが言った。

わたしは目を伏せた。

「わたしはあなたの国のことを何も知らない」わたしはつぶやいた。「ずっと束草で生きてきたから」

「それだけじゃない……」

彼がわたしの腰のあたりをつかみ、わたしの身体をぐっと後ろに引いた。わたしがいたところにつららが落ちてきた。彼はすぐには手を離さなかった。僧たちが門を開けると、お香のにおいが一瞬広がり、雨にかき消された。

ついにお正月(ソルラル)がやってきた。宿の宿泊客のためにお雑煮(トックク)を用意したあと、わたしは別館に戻り、ケランに今日は祝日で、お店はどこも開いていないと伝えた。彼はわざわざありがとうとお礼を言った。パク老人が教えてくれたよ。インスタントラーメンをいくつかコンビニで買っておいた。

「どうしてわたしの料理を食べてくれないの?」わたしは傷ついていた。

「辛い料理が苦手なんだ」驚いた様子で、申し開きをしたほうがよさそうだと思ったらしい。

「わたしのお雑煮(トックク)は辛くないのに」

彼は肩をすくめて、この次はいただくよと言った。わたしは作り笑いをした。彼の机のほうに目をやった。ケランは脇に避け、わたしを部屋に入れてくれた。

鉛筆で描かれている絵もあれば、インクで描かれている絵もあった。ケランが描く主人公は、落ち着きはらっていた。その身ぶりをそらで覚えていて、目をつぶってでもその姿かたちを微調整することができるのだろう。主人公はある街に到着したところだった。背景には東草のホテルが認められた。境界線には有刺鉄線が殴り書きされている。仏像が飾られた洞窟もある。彼はそれらをわたしの世界から拝借し、彼の想像の世界に、灰色の描線で置き直したのだ。

「色はつけないの？」

「色なんて大して重要じゃない」

わたしはそうかしらと、口をとがらせた。東草はこんなにも色彩豊かなのに。彼は雪に覆われた山のシーンを指さした。そのシーンでは、大空に太陽が輝いていた。わずか数本の線で岩々の輪郭が描かれていた。残りの紙面は手つかずだった。

「重要なのは光だ。光がイメージを彫り、立体感を与える」

よく見ると、ふたつの描線のあいだはインクで埋められているのではなく、ただの空白になっていた。紙が光を吸い込んでいるようで、本物と見まごうばかりの雪が白く輝いていていた。まるで表意文字だった。わたしは他の原稿にも目を通した。コマがよじれたり、かすんだりし始めていた。まるでキャラクターがコマの外に自分の進むべき道を探しているようだった。時間が膨張していた。

「物語はどうやって終わらせるの？」

ケランが机に近づいた。

「ある段階までくると、主人公は俺が描くより前に存在していて、描き終えた後も存在し続けると言えるようになるんだ」

部屋が狭すぎるので、彼はわたしのすぐそばに近寄らざるをえなかった。彼の身体の熱が感じられる。わたしは彼にどうして主人公は考古学者なのか訊ねた。ケランはこの質問を面白がっているようだった。

「きっと何度も聞かれた質問でしょうけど……」

彼は微笑んで、いいやと言った。それから彼はわたしにバンド・デシネの歴史を語った。ふたつの大戦後、ヨーロッパの作家たちが躍進を遂げたこと、彼に影響を与えたフィレモンやジョナタン、コルト・マルテーゼといったキャラクターたちの誕生。それは旅人にして孤独を愛する人たちだった。

「できることなら」彼が言った。「主人公は船乗りにしたかったんだが、コルト・マルテーゼがいるからね。無理だった……」

わたしは肩をすくめた。

「そんなキャラクターたち、聞いたこともないわ。海は広いんだから、船乗りの主人公が複数いてもいいいんじゃない？」

ケランは窓の外を眺め、そうかもなと言った。とにかく、主人公というのは検討が必要だな。俺の主人公は全人類の歴史を通じて自分の物語を探しているただの人間だ。考古学者というのはただの口実だよ。独創性なんて何もない。

「他のキャラクターはあまり登場しないのね」わたしは言った。

わたしは一瞬ためらった。

「……特に、女性は全然」

ケランはわたしをじっと見つめた。彼はベッドの端に座った。わたしも彼に倣った。ふたりのあいだにある一定の距離は保ちながら。

「主人公は女性のキャラクターがいなくて寂しくないの？」

「そりゃ、寂しいだろうさ」

彼は笑った。

「当然だ。だが、そんな簡単な話じゃない」

彼は机に近づき、紙の縁に指を滑らせると、考え深げにもう一度座った。

「ひとたびインクで線が描かれると、それはもう変えられない。その描線は完璧であってほしい」

彼の手がわたしの手をかすめた。わたしは彼がキッチンやミュージアムでわたしの手を取ったときのことを考えた。突然、疲労感に襲われ、わたしの身体はぐったりした。主人公と交わる権利を得るのに、女たちはどれほど完璧でなければならないのだろう。ケランはそれを女たちに期待しているのだろうか？

「たった一本の描線にすべてを込められない以上は……」彼は複数の原稿をまとめながら、つぶやいた。

彼は一番上の紙を破き、ゴミ箱に捨てて言った。新年明けましておめでとう。

母に頼まれて、どこかに埋もれているであろうゴム手袋を探し出すために、わたしは母の部屋を訪れていた。手袋はシャワー室とベッドのあいだに置かれた段ボール箱の中で見つかった。たくさんのマニキュアに囲まれて。オムレツの残りかすが乾いてゴムの上に固まっていた。こそげ落とそうとしたが、なかなかはがれない。水をかけ、柔らかくしてから、ようやくはがすことができた。

キッチンで母がフグをさばいているあいだ、わたしは湯気で眼鏡をくもらせながら、牛肉だしのスープの中にネギを入れ、トックを切った。

「コンタクトを買いに行こうと思うの」

「眼鏡のほうがいいんじゃない。よく似合ってるわよ」

「この前は整形手術を受けろって言ったくせに」

「そんなこと言ってないわよ」

「どっちみちお母さんの意見なんて聞いてないから」

母は眉をしかめた。彼女はすり身にするようにと、わたしにコウイカを一杯よこした。足を落とし、胴体に手を突っ込んで、墨袋を取り出す。牛肉と生魚が混ざったつんとしたにおいが立ち込める。わたしはケランが机に向かっている姿を想像した。ギュッと結んだ唇。宙をさまよっていた手が、紙の上の適確な場所に下ろされる。料理をするとき、わたしはその仕上がりを事前に想像する。見た目、味、栄養価。ところが、ケランが絵を描くとき、彼は腕の動きしか考えていない。あらかじめアイディアがあるわけではなく、イメージがその場で生まれるように見える。

母がまだ動いている魚に拳骨を食らわせた。くすんだピンク色の液体が魚の頭から流れた。母はヒレを切り、躊躇なく皮をはぎ、身をむき出しにしたピンク色の塊がまだ暴れたりしないか確認した。それから彼女は魚の頭を落とした。そこからは繊細な作業が続く。毒のある内臓や卵巣、肝といった部位を、傷つけることなく取り出さなければならない。わたしはその様子を見守っていた。母はわたしにフグをさばかせてくれなかった。

「仕事は楽しい？」

「どうしたんだい、急に」魚の腹に包丁を突き刺しながら、母はぶつぶつと答えた。

「どうかと思って」

包丁の先で腹を開き、内臓を引っ張り出すと、猛毒の箇所を切り離し、それを注意深く袋に入れ、最後にゴミ箱に捨てる。母はわたしが作業していた調理台にちらりと目をやると、突然叫んだ。

「墨！」

厚化粧に黒のテーラードスーツという出で立ちの伯母は、伝統衣装を身にまとったわたしと母を見て呵々と笑った。この時代になんて格好してるのよ！　母も笑った。心の底から後悔して。わたしたちはキッチンにテーブルをしつらえ、座布団を汚さないように、タイル張りの床に座った。

伯母はフグの刺身に舌鼓を打った。彼女は、ソウルじゃ食べる気がしないのよね、フグの調理師免許を持ってるって自称しているのは日本人だけなんだもの、信用ならないわと言った。毒のある部位を二十グラム食べただけで、大の大人が呼吸困難で死んじゃうのよ。小屋の中のウサギみたいに、韓国人がバタバタと死んでいったら、あいつら、さぞ満足でしょうね。彼女は鼻に皺を寄せた。ところで、このイカ料理、どうして灰色なの？

「この子が墨袋を破いちゃったのよ」母がやれやれといった調子で言った。「この子に包丁なんて持たせるもんじゃないわね」

母がお椀にお雑煮（トックク）をよそい、グラスに焼酎（ソジュ）を注いだ。

「それに」母が続けて言った。「この子、旅館で働いてるんだけど、そのせいで血色が悪くなったと思わない？」

ずっと前から見るからに病弱だったわよと伯母が言い返した。彼女はキッチンの壁をぐるりと見渡して、こう決めつけた。東草の空気のせいね、きっと。わたしはスープを飲むのに一生懸命だった。表面にわたしの顔が映りこんでいた。スプーンを入れてかきまぜると、わたしの鼻が乱れ、額がうねり、頬が顎に垂れ落ちた。伯母がこのお雑煮（トックク）は塩気が足りないわねと言った。わたしは腹に詰め込むのに夢中で、味はよくわからなかった。母が足そうとした醤油が伯母の服にかかり、伯母は、ちょっと、これ、すごく高いシルクなのよと、声を荒らげた。言い争いになるのを避けようとして、母はわたしに言った。

「どうしたの黙りこくって。伯母さんに積もる話もあるでしょうに」

わたしはバンド・デシネ作家の話をした。

「またその人の話?」

「フランス人なの」

母が固まった。伯母はフランス人なんて口が達者なだけじゃない、あんなヤツらの罠にかかるなんてバカだけよと、皮肉たっぷりに言った。

「フランスのことなんて何も知らないくせに……」わたしはぼそっと言った。

ここにいる誰もバンド・デシネとやらについて知らないんだから、話題を変えましょうと母が言った。わたしはスープとフグをおかわりした。

「絵がすごくきれいなんだから。十九世紀ヨーロッパの印象派みたいなんだけど、細部はとても写実的なの」

母は座布団の上で身をよじり、食べ過ぎたのか、壁に背をもたせかけていた伯母のほうを向いて言った。

「この子ね、もうすぐジュノと結婚するの」

伯母はわたしの尻とももを触った。その手が胸に迫る前にわたしは身をかわした。伯母はそれはめでたいわねと言った。よし、衣装と化粧は任せなさい。そして、わたしの顔をしげしげと見つめながら、眼鏡もねとつけ加えた。母は、この子ったらコンタクトレンズにしようかなんて言うのよ。甘やかして育てたもんだから、勝手なことばかり言って仕方ないわ。伯母は伯母で、わたしの眼鏡は趣味が悪いとずっと思っていたのだった。この際だから、整形手術を受けさせたらいいんじゃない？　江南(カンナム)だったら、費用もそんなにかからないわよ。親のあんたが出せないなら、わたしが出してあげたっていいし。

「お金の問題じゃないの」わたしにスープを注ぎ足しながら母が言った。「この子は眼鏡で十分美人なんですもの。手術なんて必要ないわ」

　わたしはそれ以上スプーンを口に運ぶことができなくなってしまった。焼酎(ソジュ)をしたたか飲んだ伯母は、呼吸が荒くなり始め、顎がテカテカしていた。彼女は改めてわたしを見つめると、それにしてもあんた、よくそんなにガツガツ食べられるわねと言った。慌てて母が、せっかくこの子が食べてくれてるんだから、そんな小言めいたことはやめてと言った。わたしはスプーンを持つ手をギュッと握った。伯母はキムチをつまむと、大口を開けて噛んだ。キムチのかけらが唇からこぼれた。赤みがかった涎に包まれたそれは、皿と皿のあいだに落ちた。わたしはお椀から顔を上げ、キムチのかけらを見つめ、伯母の顔をしげしげと見た。伯母は意地悪そうにわたしを睨むと、キムチのかけらを箸の先で拾い上げた。わたしは立ち上がって、コートを羽織った。旅館に戻るね。伯母が母に向かって眉をひそめてみせた。お墓参りはどうするの？　母はわたしに懇願するような眼差しを送った。だが、結局はお手上げだと伯母に身振りで伝え、わたしが出ていくのを見守るしかなかった。

その時間にはもうバスはなかった。むりやり詰め込んだ食事で苦しくなったお腹を両腕で抱えるようにしながら、わたしは歩いた。

別館に着くと、わたしはなるべく物音を立てないように気を配ったが、ケランが戸の隙間から顔を覗かせた。わたしは自室に閉じこもり、鏡に自分の姿を映してみた。風にもつれた髪が、まるで何匹もの蛇のように顔の周りに垂れ下がっていた。チマは砂と泥ですっかり汚れていた。ケランがわたしのこのイメージを消してくれないかしら。こんな姿のわたしを見られたくない。こんなのは嫌。あんなスープを飲んで、すっかり変わってしまったこの体型だけは。今は寝てしまおう。

目が覚めると、口の中がカラカラで、手足がぐったりしていた。辺りはまだ暗く、目覚まし時計を見ると、四時だった。胃が重い。わたしはもう一度目を閉じた。再び目が覚めたときには、十時だった。シーツからどうにか這い出ると、部屋の換気をし、窓の縁に張った氷を手に取り、顔に当てて、むくみを抑えようとした。

フロントに遅れて到着したが、パク老人からは特に何も言われなかった。朝食は彼が用意してくれていた。新聞から目を離すことなく、彼は言った。娘さんと彼氏は部屋で夜を過ごしたよ。わしひとりでテレビを見ながら、お正月（ソルラル）の夕食を口にしたが、結局はそれでよかったのかもしれんなあ。わしのお雑煮（トックク）は煮え過ぎだったから、宿の評判を落としかねん。テレビは面白かったぞ。歌謡祭をやっててな。

ケランがコンビニのマフィンを携えてキッチンにやってきた。わたしは皿洗いを始めて、忙しそうな振りをした。彼は窓から外を見ながら、立ったままマフィンをほおばった。逆光を浴びた彼の鼻は、まるで横から見たカモメのようだった。わたしは彼の視線を避けるのに必死だった。パク老人がラジオをつけた。流行りのＫ－ＰＯＰグループの新曲がかかっていた。ケランは眉をひそめた。

「あなたもこういう曲に我慢がならないの？」わたしは訊ねた。

「コメントは差し控えよう」

わたしたちは笑いあった。わたしはラジオを消した。やめればよかった。三週間前の気温よりもなお冷たい沈黙が重くのしかかった。女の子の彼氏がキッチンに入ってきた。彼はコーヒーを自分で淹れると、鼻をかきながら、再び出ていった。ケランがわたしを観察していることに気づいた。彼は視線を逸らさず、わたしが顔をそむけた。きっとわたしを気の毒だと思ったのだろう。わたしは彼の目の前でジュノがかけてきた電話に出て、うれしそうな振りをした。正式に雇ってもらえることになったよ。二日後に荷物を取りに戻る。会えるかい？　もちろん。でも、到着前に必ず電話をちょうだい。いきなり来るのはなし。

わたしが電話を終えると、ケランはテーブルについて、目の前にスケッチブックを置いていた。彼は頭を傾け、髪の毛を後ろに撫でつけ、鉛筆で描き始めた。線が次々に引かれ、屋根が現れた。木。石垣。カモメ。大きな建物。束草にある家屋には似ても似つかず、レンガ製だった。周囲には雑草が生えている。冬には霜に焼かれ、夏には日に焼かれる束草の雑草ではない。もっと肉厚の草だった。それから一本の脚が現れた。脚は複数になり、雌牛の太い脚だということが判明した。やがて牛の全体が露わになった。遠くには港と荒地、それから風吹きすさぶ小さな谷。最後に、ケランは芯をこすって、陰を生み出した。彼はスケッチブックのページを一枚破ると、わたしに差し出した。彼のノルマンディー。彼はそれをわたしにくれたのだ。

前掛けを窮屈そうに身につけ、母は貝の殻をむいていた。押し黙って。母はわたしが道具に触れることを禁じていたから、わたしはその隣で水槽を眺めていた。母はまだ怒っていた。しばらくして、彼女はリンゴをむくと、わたしの膝の上に置いた。

「ほら。医者から食べるように言われたのよ」

わたしがぼんやりリンゴをかじっていると、突然、市場が沸きたった。わたしは何事かと首を伸ばしてみた。通路の端にケランがいた。魚屋の女たちが競い合うようにして彼に生のタコを差し出し、しきりに微笑みかけている。母も彼を見た。彼女は売り台が清潔かどうか確認し、髪をなでつけ、口紅を塗りなおした。わたしは逃げ出そうとしたが、手遅れだった。彼はわたしたちのほうに向かってきた。

「こんなところで君に会うとは思わなかった」彼は思いがけない出会いに驚いた様子

で言った。

彼はわたしにちょっといいかなと訊ねた。物語が進んだから、わたしに話したいというのだ。母がわたしのお尻を叩いた。

「なんだって?」

わたしは恥ずかしさに打ちのめされながら、十七時に市場の前のカフェで会いましょう、防波堤のほうの、とどうにかケランに伝えた。母が目を細めると、彼は愛想笑いした。彼が行ってしまうと、わたしは母のほうを向いて言った。

「彼よ」

「あんたになんの用だい?」

「あとで会おうって」

「日曜はウチに泊まる約束だろ。あの人に言った?」

わたしは返事をしなかった。

「やだねえ。色目を使って」

「あの人の仕事の話をするの!」

母は再び貝剝きを手に取った。その拍子によろめき、貝が入ったケースがひっくり返ってしまった。貝は他の魚屋の女性たちの足元にまで散らばった。彼女たちはどうにか笑い出すのをこらえている。地面に転んだ母を助け起こそうとしたが、彼女はわたしの手を払いのけた。母が立ち上がり、同僚たちが黙るのを、わたしはただ見守るしかなかった。それから、わたしはその場を立ち去った。

あのポラロイド写真はまだ乱れたシーツの上に置きっぱなしになっていた。他の写真は壁に貼りつけられている。わたしは適当に一枚はがした。ジュノがわたしを抱き上げている写真だ。わたしは笑っていた。大学の卒業記念にソウルで撮った一枚。そのすぐあとに彼はわたしを追って束草にやってきたのだった。その写真を見ながら、わたしはフランス語の言葉を声に出さずにそっとつぶやいてみた。あるフレーズの始まり。やがてある音が自然と口から漏れた。咄嗟にわたしは黙った。写真をもとに戻すと、荷物をまとめた。猫についてのことわざを集めた本、セーター、セクシーなガーターベルト。主なものは既に旅館に持っていってしまったし、残りは母のところにあった。

浜辺にはいつもより穏やかな風が吹いていた。波は一定でなく、まるでしゃっくりをしているようだった。カモメたちが砂をつついて餌を漁っているが、わたしが近づくと、体を揺すりながら逃げていった。一羽、片脚を引きずっているカモメが逃げずにいる。だが、わたしが追い払うと、飛んでいった。カモメは空を飛んでいてこそ美しい。

ロッテマートでシリコーンハイドロゲル素材のコンタクトレンズを試着した。わたしの眼鏡の度に合ったモデルはひとつしかなく、それをつけると瞳孔が開いてしまっている印象を与えた。ともあれ、買っておくことにした。

宿に戻ると、洗濯を済ませた。パク老人のベージュのチョッキにわたしが持っているもうひとつのニットワンピース、女の子のパジャマ。洗濯機の排水ホースが凍結してひび割れてしまったせいで、手洗いをしなければならなかった。わたしはあまり透けて見えないタイツをはいていた。ももの傷痕が人目を引いてしまうからだ。コンタクトレンズをつけてみようと思った。片方をつけてみると、視界がぼんやりしている。

どうやら度が合っていないらしい。もう片方はどうしてもうまく目にくっつかない。既に約束の時間を過ぎていた。ケランは待ちくたびれていることだろう。イライラして鏡に映る自分に向かって舌を出しながら、まぶたを広げ、もう一度やり直した。コンタクトレンズが指から落ちた。わたしは手探りでレンズを探した。結局、わたしはコンタクトレンズを容器に戻し、眼鏡をかけ直した。

カフェの客はわたしたちふたりだけだった。わたしたちは靴を乾かすために、ラジエーターの近くに座った。窓の下枠のところに小さな家具がいくつか置かれていて、まるで人形の家といった趣だった。あたりは既に暗くなっていた。カウンター近くの冷蔵ケースには、ふたつで一万五千ウォンのパイと、やはり一万五千ウォンのカタツムリ血清入りのファンデーションが並んでいた。女性店員がボウルに入ったスルメを持ってきた。知っている顔だった。チムジルバンで見かけた同じ年頃の乳が垂れた女の子だった。彼女はわたしの注文したカプチーノにキャラメルでハートを描いてくれていた。ケランのカプチーノに描かれていたのはヒヨコだった。

ケランはスルメを一本取ると、指でいじり始めた。

「小さい頃」わたしは言った。「イカを食べながら牛乳を飲むと、血管の中にイカの足が生えてくるよって、母に言われたわ。あるいは芋虫だったかしら」

わたしは笑った。

「たぶん牛乳を飲ませないようにするための作り話だったんだろうけど。牛乳を飲むと、お腹を壊してばかりだったから。あなたは？　牛乳は好き？」

「ワインのほうがいいね」

「東草にワインなんてないもの」

イカに心を奪われているのか、彼は返事をしなかった。わたしはこんな話、しなければよかったと後悔した。携帯電話がテーブルの上で振動し始めた。ジュノの顔が画面に映った。わたしは電話をバッグの中にしまった。

「君と同じ年頃の人とはあまり会わなかったな」ケランが言った。

「みんな出て行ってしまうから」

「退屈じゃない？」

わたしは肩をすくめた。

「ボーイフレンドはいないの？」

わたしは一瞬ためらってから、いないわと答えた。ボーイフレンド。まるでしっくりこない言葉。フランス語だってそう。フランス語では小さな友人（プティ・タミ）というけれど、小さなという言葉で恋人をどう形容しようというのだろう？

「あなたは？」

　結婚してるよ。しばしの沈黙があった。

「それで」わたしは訊ねた。「どうなったの？」

「妻とのことかい？」

「いいえ。あなたの主人公よ」

　彼は短く笑ったが、それはため息と区別がつかなかった。彼は下描きをいくつか描いていたが、完成にはほど遠かった。言ってみれば、これまでの物語は、前の物語を引き受ける形で描かれていた。最後の物語がどうなるのかについては、彼自身まだ何もわかっていなかった。

「たぶんこの世界を失ってしまうのが怖いんだと思う。ひとたび仕上げてしまったら、もう何もできなくなってしまうからね」

「読者を信頼していないの？」

「そういう問題じゃない……」

彼はスルメをほぐし始めた。

「いつだってそうなんだが、俺が作った物語は、俺から遠ざかり、終いには自分で物語を語るようになる……。だから、新しい物語を作り出すんだが、まだ進行中の物語があって、そいつは俺がよくわかってもいないのに勝手に進んでいく。そいつをきちんと終わらせなきゃならない。ようやく新しい物語を始められたと思ったら、同じことの繰り返しだ……」

彼の指が執拗にイカの足をほぐす。

「自分が本当に言いたいことは、いつまでたっても伝えられないんじゃないかって気になるよ」

わたしはしばらく考えた。

「たぶんそれでいいんじゃないかしら」

ケランが顔を上げた。わたしは続けて言った。

「だって、さもなきゃ、あなたは絵を描くことをやめてしまうでしょう?」

彼は黙ったままだった。わたしはテーブルに身を寄せた。

「その物語の中ではどんなことが起きるの?」

彼はスケッチを見てもらったほうがいいと言った。わたしは無理強いしなかった。小豆入り麵の段ボール箱を持った女性が店に入ってきた。突風でドアが閉まった。雨が窓にパラパラとぶつかる。ケランはコートのボタンをかけた。

「冬はいつもこんななのかい?」

「今年は特別ね……」

女性店員が大根の漬物を持って、カウンターの女性客のところに向かった。ケランはふたりを見つめ、それからわたしのほうを向いて、ずっと軽い調子で言った。

「長らく疑問だったんだ。麵ってのは中国が発祥なのか、それともイタリアが発祥なのか」

そんなこと、どうやってわかるっていうの? 世界の両端で、歴史はそれぞれに都合のいいように書かれるんだから。そもそもわたしはヨーロッパの料理を知っていたかしら? スパゲッティが好きじゃないってことはたしかね。彼は笑った。イタリアで本物を食べてみるべきだ。

わたしは目を伏せた。彼は笑うのをやめた。

「すまん。余計なことを言った」

「いずれにせよ」わたしは言った。「どうしてあなたが束草にいるのか、わたしにはどうしてもわからないわ」

「まったくだ。君がいなかったら、こんなところにグズグズしてはいないだろうな」

わたしは思わず固まった。

「冗談だよ」と言った彼の顔に笑みはなかった。

彼はバラバラにしたスルメをテーブルの端に積み上げ、二本目を手に取った。

「食べ物で遊ばないの」

彼はスルメをもとに戻した。女性たちがわたしたちの様子をこっそりうかがいながら、小声で話している。箸で麵をいじってはいるが、食べる手はすっかり止まっている。店内にはフライドオニオンのにおいが充満していた。

「彼女たちはなんて?」ケランが訊ねた。

「大した話じゃないわ」

彼はゆっくりとうなずいた。突然、彼がすごく寂しそうに思えた。

「今回でシリーズは本当に終わってしまうの?」わたしはそれまでよりも優しい調子で訊ねた。

「たぶん違う。だが、今のところはそうだ」

わたしはスルメを一本取って、カップの底に残ったものをかきまぜた。彼は自分のカプチーノに手をつけていなかった。ミルクのせいでお腹が膨れてきた。わたしはニットワンピースを調整して、それをごまかした。

「ボルドーがよく似合ってるよ」ケランが言った。

「ううん。大きすぎるもの。伯母のなの」

「色の話さ……」

わたしたちは黙りこんでしまった。女性たちは皿に取ったローズケーキを食べることなく、ただ見つめていた。彼女たちもまた黙っていた。外はすっかり闇に包まれていた。窓の向こうには市場がちらりと見えた。シートの下に台が並んでいる様子は、まるで古代の石棺だった。

「実を言うと」ケランが言った。「あとは彼女だけなんだ」

彼はわたしの肩のあたりの一点を凝視していた。

「主人公がともに過ごす女性」

「まだ見つかっていないの？」

「この寒さだからな。うまく見つかるかどうか」

わたしは彼を見つめた。

「わたしのせいじゃない」

「えっ？」

「寒いのは」わたしはイライラしながら言った。「わたしのせいじゃない」

彼は片方の眉を上げて言った。

「君はその女性はどんなだと思う？」

わたしは彼のバンド・デシネを読んだことがないからと答えた。

「そんなのどうでもいい。俺は君の物の見方が気に入っているんだ」

でも、だったら、彼の主人公が何を探しているのか教えてもらわなければならない。

ケランはテーブルに肘をついた。

「そんなの決まってるよ」

「わたしは知らないもの」

「決して終わらない物語さ。何もかもが語られる物語。あらゆるものを含んだ。寓話だね。究極の寓話だ」

「寓話ってどれも悲しいわ」わたしが言った。

「全部じゃないさ」

「韓国の寓話はどれもそう。読んだらいいわ」

ケランは窓のほうを向いた。うわの空でわたしはつぶやいた。

「それで、その寓話の女性には、あと何が必要なの？」

ケランは考えた。

「彼女には永遠の存在であってほしいかな」

喉の辺りでボールのようなものが大きくなっていくのを感じた。わたしの意見は彼にとってどれほど重要なものになりうるだろう。わたしが何を言ったところで、今夜、彼が会うのは、その女性なのだ。わたしが何をしたところで、彼はわたしから遠く離れて、絵のほうに行ってしまう。どうせノルマンディーに帰ってしまうのだ、このフランス人は！　わたしはスルメについたクリームを舐めた。わたしは立ち上がった。そろそろ仕事に行かなきゃ。ケランはわたしの顔をじっと見つめた。それから彼は目を伏せ、まるで独り言であるかのようにフランス語で、俺も行くよと言った。

「わたしはひとりがいい」

表に出るや、わたしは振り返りたくなった。それでも一緒に行くよと、彼に言ってほしかった。彼にすがってわたしを捕まえてと懇願したかった。だが、実際は、彼はわたしの少し後ろをついて宿まで戻ってきたのだった。凱旋門のところのイルカは、ヒレを引っかけるようにしてぶらさがっていた。寒さのせいで空気が抜け、笑顔が逆さまになっていた。

ジュノは二日後の深夜零時頃に帰ってきた。雪のせいでバスが遅れたのだ。わたしは旅館の共有スペースで彼を待っていた。彼のためにイカの生姜焼きを用意したが、彼は手をつけようともしなかった。食事は済ませてきたし、そもそも、これからは食事に気をつける必要があった。

別館に向かう途中、わたしは彼にソウルにいるあいだ、わたしの近況を知ろうともしなかったわねと言った。そっちだって電話をかけてきさえしなかったくせに、と彼がやり返した。彼にはこの距離が我慢ならなかった。ソウルについてこいよ、俺の給料でふたり分の生活費くらいどうにかなる、向こうで何かやることを探せばいい。わたしはため息をついた。前に言ったじゃない、母を置いていくことはできないわ。だったら、お母さんも一緒に来ればいい。わたしは首を振った。ソウルに行ったところで母に仕事なんかないし、そもそも母とひとつ屋根の下で暮らしたくない。ジュノはわたしの手を握った。この仕事を逃すわけにはいかない、またとないチャンスなんだ。わたしはソウルを改めて思い浮かべた。アルコール、笑い声、目がちかちかする明かり、身体を引き裂かんばかりの騒音、そしてわたしとはまるで違う女の子たちやプラスチックでできたような男の子たち。そんなもので膨らんだ街は、反り返り、腰を揺らし、常に上を目指して上昇していく。わたしは彼に言った。よかったじゃない。わたしのためにせっかくのチャンスを逃したりしないで。彼はバカだなと言った。こんなにもおまえのことを愛しているのに。

ベッドの中でわたしたちは黙ったまま天井を見つめていた。ジュノがようやく口を開き、つぶやくように言った。明日、バスでソウルに行くよ。わたしの足は氷のように冷たかった。わたしは彼に身体を押しつけた。彼はわたしの髪をかき上げ、うなじを探した。わたしは彼に隣に客がいるのとささやいた。深く息を吸って、ネグリジェをめくると、彼はわたしのお腹を舐め、それから両脚のあいだに姿を消した。わたしはやめてと言ったが、やがてされるがままになった。今はとにかく誰かに愛してほしかった。

わたしは早起きして、朝食の準備に向かった。別館に戻ってくると、ジュノが上半身裸で腰にタオルを巻いて、共同浴室の前にいた。ケランが戸を引き開けて出てくると、湯気が雲のように立ちこめた。ジュノを見ると、彼は一瞬固まったが、頭を下げてわたしに挨拶すると、自室に閉じこもった。ジュノは大声で笑った。すごい鼻だな。あんなの初めて見た。整形手術を受けるんだから、あんたもあんな鼻にしてもらったら。彼は唖然とした様子で、わたしを見つめた。おまえ、変わったな。わたしは彼のおでこに口づけすると、そんなことないわよ、それより急がないと、バスに乗り遅れるわよと言った。

フロントの机の上に大きな段ボール箱があった。母が午前中にわたしにと持ってきたのだと、パク老人が教えてくれた。わざわざ会うまでもないと、荷物を置いて帰っていったそうだ。中身はタコのスンデだった。

　荷物を冷蔵庫に入れようとキッチンに向かうと、ガラスの引き戸越しに包帯を巻いた女の子の姿が見えた。彼女はトックのハチミツ和えを食べていた。温め過ぎたのか、トックは膨らんで、長細く伸びていた。彼女は少し口にすると、続いて電話を耳元に当て、包帯のせいで窮屈そうな口を動かした。電話を切ると、彼女はとても穏やかな様子で、二本の指で包帯をつまみ、引っ張り始めた。肌が現れていくにつれて、傷口が露わになるのが見えた。眉毛はまだ生えていなかった。彼女はまるで大やけどをした人のようで、その顔は男とも女ともつかなかった。彼女は頬に爪を立て、こすった。掻きむしり、穴を開け、えぐった。明るいピンク色をした皮膚のかけらが、彼女の膝の上に、さらにはタイル張りの床の上にボロボロと落ちた。しばらくして、彼女はびっくりしたように、周囲を見回した。わたしが皿を拭くのに使っていた布巾で、彼女は包帯や皮膚のかけらを丹念に集め、トックをのせた皿の中にまとめると、丸ごとゴミ箱に捨てた。

　彼女が出ていくときに気づかれないように、わたしはフロントの机の後ろに身を隠していた。
十四時頃、彼女はソウルに帰っていった。

ピンク色のランプの光輪に包まれ、ラジオから流れるエディット・ピアフの曲をBGMに、パク老人は音を立てて麺をすすっている。彼はわたしに麺のだしは肉で取ってくれと頼んでいた。魚にはもう飽き飽きだと。ラジオが雑音を立て始めた。パク老人はラジオを消した。ラジオの前に立ったまま、彼は、今日の午後、橋のほうにまたふたつ新しいホテルができたのを見たよと言った。もう選択の余地はないな。金を借りて、夏までに二階の改装を終えよう。さもなきゃ、この宿は生き残れん。

スープの表面にはキムチのかけらが漂い、そのすぐそばにはまるでブイのように脂が浮かんでいた。わたしはあの女の子のかさぶたを思い出した。努めてなんでもない風を装って、わたしはパク老人にあのフランス人を見たかと訊ねた。三日前にジュノが出発してからというもの、ケランは戸に《入らないでください》と張り紙をして、自室に閉じこもったきりだった。わたしに洗濯物を預けることもなければ、共有スペースに新聞を読みにくることもなかった。彼の存在が感じられるとすれば、それは共同浴室だけだった。洗面台の歯磨き粉の跡や小さくなった石鹸を通じて。その前日、わたしはコンビニの前で彼とすれ違った。彼はわたしに声をかけるでもなく、わたしの前を通り過ぎていった。霧が深かったとはいえ、せいぜい二メートルしか離れていなかったのに。

また歯医者にも行かなきゃならんし、とパク老人はぶつぶつ言った。わたしは彼に目をやった。食事を咀嚼している彼の喉はピクピク動いていて、まるで生まれたばかりですぐに死んでしまうひな鳥のようだった。

夜になって、わたしはジュノに電話をかけた。彼の近況を訊ね、それから別れを切り出した。沈黙。わたしは彼が電話を切ったのかと思った。どうして、彼が訊ねた。わたしは立ち上がり、カーテンを開けた。みぞれが降っていた。新聞を頭に載せ、慌ただしそうにしている影が見える。影は路地に駆け込むと、見えなくなってしまった。ジュノはやっとのことで、弱々しい声を絞り出した。今日は疲れてるんだ、また改めて話そう。
　わたしはセーターを脱いだ。窓にさらに近づき、お腹と胸をガラスに押し当てた。寒さで感覚が麻痺すると、わたしは横になった。

　ふすまの向こう側で、手がのろのろと動いていた。枯れ葉が風の中でパヴァーヌを踊っている。その物音に荒々しいところは何もない。悲しみ。むしろ憂愁（メランコリー）と言うべきか。女性が彼の手のひらのくぼみの中でとぐろを巻き、指に巻きつき、紙を舐めているに違いない。一晩中、わたしはその音を聞いていた。一晩中、わたしは頬を引っ張り、耳を覆ってしまうことができればいいのにと願っていた。その責め苦が終わったのは明け方になってからだった。そのときになってようやくペンが静かになり、へとへとになったわたしは眠りについたのだった。

四日目の晩、わたしは我慢の限界に達し、彼の部屋の戸を叩いた。インクの瓶の蓋を閉める音が聞こえ、それから彼が戸を開けにやってきた。裸足で、目の周りに隈をこしらえていた。セーターの下のシャツは皺でよれよれになっている。机の上には原稿やスケッチが束になって重なっていて、インスタントラーメンの器がひとつ載っている。わたしは片脚からもう片脚へと重心を移動させた。

「この前の男の子とは、別にあなたが思っているような関係じゃなくて……」

ケランは眉をひそめた。わたしがほのめかしていることをどうにかして思い出そうとしているかのように。それから彼はとても驚いたような顔をした。わたしは自分がバカらしくなった。何か必要なものはないかと訊ねると、彼はいいや、ありがとうと返事をした。とにかく仕事を進めないと。

「見てもいい？」

「悪いけど」

怒りが気まずさに勝った。

「どうして？」

「今見せてしまったら、この物語はもう二度と現れない」

「前は見せてくれたのに……」

ケランは机を隠そうとしてでもいるかのように立ち位置を変えた。彼は片手でうなじをさすった。

「すまん」

彼はわたしにもう行ってくれと言った。見せるものは何もないし、仕事をしなければならないんだ。

わたしは引き戸を閉めた。

それからすぐにもう一度開けて、うつろな声で言った。

「女性なんて見つかるもんですか。あなたの主人公があなたと同じような人ならね。ここには彼が探してるものなんて何もないもの」

ケランは今まさに線を引こうとしているところだった。彼は動きを途中で止めた。筆の先にしずくが膨らみ、滴る寸前だった。今にも爆発しそうな苦悩が彼の顔に浮かび、それからインクが紙の上で弾け、風景の一角を塗りつぶそうとしているかのようだった。

わたしは路地を突っ切って本館に向かい、キッチンで母親がくれたスンデを開けた。わたしは床にしゃがみ込むと、夢中でスンデを食べ、この息苦しい、窒息寸前の身体に詰め込んだ。がつがつ食べれば食べるほど、そして食欲を失えば失うほど、唇が動き、舌が飲み込み、やがてスンデに酔ったようになって、わたしは倒れ、お腹をよじりながら、酸っぱい粥状のものをものの上に吐き出した。

緑色のネオンが廊下に点いた。足音が聞こえる。パク老人が入ってきた。彼は部屋をザッと見渡した。わたしの髪が顔の上に広がっている。彼はわたしを腕に抱えると、赤ん坊をあやすようにわたしの背中をポンポンと叩き、彼のコートをかけ、何も言わずに、わたしの部屋へと連れていってくれた。

翌日、腹部の緊張でヘトヘトになったわたしは、ただ機械的に仕事をこなした。仕事が一段落して自由になるや、わたしは自室に閉じこもり、温かい床に仰向けになって、腰の下にクッションを入れ、両手両足を広げ、自分の肌に何も触れないようにした。腰を締め付けるゴムの入っていないネグリジェ姿になって、ようやくひと心地つくことができた。わたしは窓の外を眺めた。

戸をふたつノックする音がした。ケランだった。もう一度スーパーに行かなければならないということだった。ついてきてもらう必要はないんだが、悪いけど、ちょっと訳してくれないか?

わたしは息を止めた。

いや、いいんだ、自分でどうにかするよと彼は言った。しばしの沈黙ののち、彼はフランス語でつけ加えた。君の言う通りだ。俺はあまりに長いあいだ、自分を主人公だと思い違いしていた。これ以上、君の時間を無駄にしたくはない、フランスに帰るよ。四日後に。

それから彼は遠ざかっていった。

わたしはベッドまで這っていき、毛布の下で胎児のように丸くなった。

彼には立ち去る権利なんてなかった。彼の物語とともに行ってしまうなんて。それを世界の反対側で見せびらかすなんて。彼にはわたしとわたしの物語を見捨てる権利なんてなかった。わたしの物語は岩の上で、干からびようとしているというのに。

それは欲望ではなかった。欲望であるはずがない。彼に、フランス人に、外国人に欲望を抱くなんて。それは明らかだった。愛でもないし、欲望でもない。わたしは彼の眼差しの変化を察していた。当初、彼にはわたしが見えていなかった。やがて彼はわたしの存在に気づく。まるで蛇が夢のさなかにあなたの懐に忍び込み、狙いを定めるかのように。彼の肉体的な、強烈な眼差しが、わたしを貫いた。彼はわたしが知らなかったことを発見させてくれた。世界の反対側にあるわたしのその部分こそ、わたしが欲していたものだった。彼の筆のもとに存在すること、彼のインクの中に存在すること、そこに浸り、彼が他のすべての女性を忘れるということ。彼はわたしの物の見方が気に入ったと言った。たしかにそう言ったのだ。寒々しい残酷な真実を突きつけるかのように。わたしは彼の心ではなく、明晰さにしか働きかけることができなかった。

彼の明晰さなどどうでもよかった。わたしはただ彼に描いてほしかった。

その晩、彼が共同浴室にいるあいだ、わたしは彼の部屋に忍び込んだ。原稿は整理されていた。唾液で湿った紙が丸められてひとつゴミ箱の中に転がっていた。わたしはそれを広げてみた。くっついてしまって、なかなかはがれなかった。女性は引き裂かれていたが、わたしは今や下描きから、彼が描き切れなかった線を思い浮かべることができるようになっていた。彼女は両の手のひらを開き、その上に顎を乗せて眠っていた。彼がこの魔女に命を授け、彼女が実際にこの世に生を享ければいい。そうすれば、わたしがバラバラにしてやれるのに！　わたしは机に近づいた。インクが瓶の中で輝いていた。わたしは指を中に入れ、インクに浸すと、額や鼻や頬に塗った。インクが唇のあいだを垂れていく。冷たかった。ベトベトしていた。もう一度瓶に浸した指を、今度は顎から静脈に沿って鎖骨まで下ろしていく。それから、わたしは自分の部屋に戻った。インクが一滴、目に入った。焼けつくような痛みを感じ、わたしは目をギュッとつぶった。再び目を開けようとしたが、インクがまぶたにくっついてしまってうまく開けられない。鏡の前でまつ毛を一本ずつはがしていき、ようやく再び自分の姿を拝むことができたのだった。

波のうねりにゆらり揺られる船の上にいるかのように、三日間が過ぎ去った。ケランは部屋から出てこなかった。わたしは彼がもう眠っているだろうという深夜遅い時間を見計らって、ようやく自分の部屋に帰ってきた。毎晩、わたしは港まで歩いた。男たちがイカ漁に出かける準備をしていた。彼らはスープを売る掘っ立て小屋の前にたむろして、防水服を調整している。風が腹や首に入りこまないようにしてから、彼らは埠頭に向かい、二十四隻の漁船に乗り込む。船には船尾から船首までロープが張られ、無数の電球がぶらさがっている。それらの明かりが岸から遠く離れたところにいるイカたちをおびき寄せるのだ。無駄口をたたく者はいない。無数の手が、霧が立ち込めた闇夜の中で動き回っている。わたしは防波堤の突端にある仏塔のところまで歩くことにしていた。沖のにおいが漂い、肌はべとつき、頬に塩がまとわりつき、舌には鉄の味が込みあげる。やがて数千の集魚灯が灯り、漁師たちがもやい綱をほどき、彼らの光の罠が沖をめがけて向かっていく。ゆっくりと進む厳かな行列。まるで海の天の川だった。

四日目の朝、ランドリールームで汚れた洗濯物をより分けていると、包帯の女の子が忘れていったと思しいズボンを見つけた。わたしは自分のタイツを脱いで、そのズボンを穿いてみた。もものところには余裕があるのだが、どうしてもボタンがかからない。泣き出しそうな気持ちで、わたしはズボンを脱いだ。タイツをもう一度穿こうとして、伝線があることに気づいた。しゃがんで他に穿けそうなものがないか洗濯物の山を漁っていると、ケランが入ってくるのが見えた。

彼は戸を背に、服が入ったバッグを持って立っていた。わたしはセーターの裾を引っ張って、脚を隠した。色物を別にしているところだから、洗濯物はそこに置いといてちょうだいと彼に言った。彼はまるで胴体に対して手が長すぎるとでもいうかのように、ぎこちなく言われた通りにしたが、その後、考え直して、いや、その必要はない、明日の朝十時にバスでここを出るからと言った。

「本が出版されたら、一冊送るよ」

「いいわよ、そんな」

彼はしゃがんで、視線の高さをわたしと同じにした。洗剤と灯油のにおいがして、眩暈を覚えた。

「よかったら何かお礼をさせてもらえないかな？」

わたしは慌ただしく洗濯物を洗濯機の中に入れると、立ち上がった。そのまま立ち去ろうとしたが、ケランの手がわたしの膝の裏に置かれた。わたしを見ることなく、目は床に伏せたまま、彼はゆっくり前かがみになった。彼の頬がわたしのももに触れそうなほどに。

洗濯槽の中では、水をたっぷり吸いこんだ服が回り始めた。こもったような音がする。服は持ち上がっては落ちた。いかにも重そうな動き。また持ち上がり、また落ちる。回って、落ちて、どんどん速くなっていく。やがて多くの洗濯物が集まってひとつの渦となり、ガラスに強く打ちつけた。洗濯機の音が消えた。とはいえ、せいぜい数秒のことだ。長続きはしなかった。やがて、洗濯機の音がまた聞こえ出した。

「よかったら、わたしの料理を食べてほしい」わたしは言った。

わたしは目を伏せた。ケランは洗濯機を見つめていた。彼は既に呆然としていた。まるで戦争に負けたかのように、疲労に襲われたように。彼は立ち上がり、小さな声で言った。

「もちろん」

それから彼は戸を後ろ手で閉めて出て行った。

夕食のあと、母とわたしは寝そべってテレビを見ていた。母はわたしの背後に陣取り、脚がわたしの腰の両側から出ていた。

「あんたが土曜に来るなんて初めてね」わたしのうなじをマッサージしながら、母が言った。

「その代わり明日は旅館で留守番なの。パクさんがソウルに行かなくちゃならないから」

女性司会者が、タレントたちにスプレーを使って毛と糊でどうやって口ひげを作るのか実演してみせていた。母は、もしかしたらジュノが出演しているかもしれないと、テレビの画面を熱心に見ていたが、彼を見分けるのは至難の業だった。画面上では、みんな同じに見えた。いずれにせよ、彼女は得意満面だった。きっと、あの子、有名になるわよ。わたしはいつか母にわたしたちは別れたのだと伝えなければならないと考えていた。彼女はわたしの肩を揉み始め、鎖骨を見せすぎだと小言を言った。母の指の力は強力で、身体が前かがみになってしまう。すると、母の足がよく見えた。その皮膚はカチカチで、まるで石のようだった。

「クリームを塗ったほうがいいんじゃない？」

「あ、そうだ……」

ＣＭが始まると、母はキッチンに行き、チューブ入りの柿ゼリーを持って戻ってきた。評判のブランドである。伯母からのいただきものだった。母は目を輝かせて、蓋を開けた。あんたが来るのを待ってたんだから。でも、わたしはゼリーの舌触りがあまり好きではない。そのことを彼女に思い出させる必要があった。母はラベルを見て、がっかりした。日持ちする商品ではなかったのだ。母はベッド用の背もたれに腰を落ち着けて、ゼリーを食べ始めた。テレビの画面では、毛穴が開くのを防ぐ秘訣が話題になっていた。わたしは母の手からゼリーを受け取ると、吸うようにして口に入れた。それはすっと首の中を落ちていった。すっかりくつろいだ母はホッとため息をつき、ブラウン管はわたしたちの周囲にその小さなクローンを再び放射し始めるのだった。

明け方、母が目を覚ます前に、わたしは荷降ろしが行われる倉庫を通り抜けて、魚市場に向かった。懐中電灯の明かりを当てると、水槽の中でタコたちが身をよじった。用具やらオレンジ色の液体がたっぷり入ったコンテナやらが乱雑に置かれている。酸っぱいにおい。コンクリートに響くわたしの足音、水のさざ波。何もかもが増幅され、ねじれる。まるで水中で物音を聞くときのように。

母のフグが、何かにびっくりしたかのように、口を開けて浮かんでいた。お互いを傷つけないように、フグの歯は切られてしまっていた。くちばしが厚い。多少なりとも申し訳ない気持ちから、わたしは最も愚かそうなフグを選んだ。水から外に出すと、フグはヒレを激しく振って暴れた。パニックに陥ったわたしは、強く叩きすぎてしまった。つまんでみると、フグの頭はつぶれていた。液体が漏れないようにフグを袋に入れ、わたしは旅館に向かった。

空が赤くなり始めていた。わたしは魚を冷蔵庫に入れ、長いシャワーを浴び、アクリルのチュニックを着て、それからコンタクトレンズを入れようとした。今度はレンズが目にうまくくっついた。わたしはアイライナーで目の上に線を引いた。マスカラは乾いてしまっていて、使えるようにするために水につけておかなければならなかった。髪の毛をゆるっとしたシニョンにまとめ、一歩さがって、鏡に映った自分の姿をまじまじと見つめた。

疲れきった顔をしていた。アクリル素材のせいか、お臍の下あたりが膨れて見えた。着替えようかとも思ったが、ここしばらくいつもニットワンピースを着ていたことを思い出し、チュニックのままでいることにした。

キッチンに戻ると、ガラスの引き戸が汚れていることに気づいた。パク老人がやってくる前にきれいにしておかなければならない。わたしはラジオをつけた。日本の首相が中国との通商協定についてスピーチをしている。わたしはフグを調理台の上に置き、母の一挙手一投足を頭に浮かべた。わたしの再現は完璧だったに違いない。

フグには鱗も棘もないが、手で触ると、皮がキュッキュッと音を立てた。水分を拭うと、はさみでヒレを切り、包丁で頭を落とした。軟骨は思っていたよりも太かった。重たい包丁でやり直した。乾いた骨の音がする。切り込みを入れ、腹部のカーブに沿って皮を一気に引っ張る。熟した柿にナイフを突き立てるように、身に包丁をスッと差し込むと、内臓が露わになる。卵巣はない。オスだ。小さなスプーンで血合いを掻きだし、腸と心臓、それから胃を、破かないように指で抜き取った。体液のせいで、ヌルヌルしている。肝を慎重に取り出し、胆嚢を切り落とした。肝は小さく、薄赤色のカスタードプリンみたいだった。手のひらに載せると、かすかに震えた。わたしはそれを密封パックに入れると、ゴミ箱に捨てた。

魚は今や、空気の抜けた風船といった様子だった。わたしは手を洗い、魚をすすいだ。切り身にすると、もろく真っ白で、まるで蒸気のようだった。清潔な布巾で水分を拭き取り、血が残っていないか確認してから、わたしは切り身を薄くスライスしていった。包丁でできる限り薄く。切っ先がかすかに揺れた。

一時間後、わたしは作業を終えた。

わたしは大根をおろし、米酢と醬油を用意し、それから陶器の大皿を一枚選んだ。数羽の鶴が飛び立っている模様が螺鈿ではめ込まれていた。わたしはそこにフグの身を並べていった。とても薄く、空気よりもかろうじて重みのある羽根のようだった。螺鈿の模様が身の向こう側に透けて見えた。母に見せてやりたいくらいだった。

キムおばさんの屋台の路地を歩いていると、一匹の子猫がわたしのほうに向かって走ってきた。片手にお盆を持ったまま、わたしは身をかがめて、猫の頭をポンポン叩いてやった。猫は喉をゴロゴロ鳴らし、鼻先をわたしの魚につけようとする。目がガラスみたい。猫はミャアミャア鳴きながら、数メートルわたしの後を追ってきた。

ポーチは開いていた。わたしは立ち止まった。二本の優美な線が中庭を横切るように雪の上についていた。足跡だった。それはケランの部屋から始まって、泉と栗の木の前を通って、ポーチまでやってくると、遠ざかっていった。

二本の線。彼の足跡。

わたしはそれを見つめた。

それから、庇の下を通って、彼の部屋へと向かった。

カーテンは閉ざされたままだった。毛布はベッドの上に丁寧に折りたたまれていた。部屋にはまだにおいが漂っていた。彼の呼吸のにおい。お香のにおい。鏡を見ると、光の束が埃と一緒に映っている。光は天井から発せられ、漂い、机の上を照らしている。まるでスローモーションだった。

机の上には擦り切れた布張りのスケッチブックが置かれていた。

わたしは床にお盆を置き、窓に近づいた。

奇妙だった。

窓の下枠に埃がたまっていたが、わたしはこれまでそのことに気づかなかった。わたしはベッドに座った。そっと。シーツに皺がよらないように。わたしは耳をそばだてた。耳元でざわめきが聞こえる。それは次第に弱くなっていった。光も次第に弱まり、部屋の輪郭が曖昧になっていった。わたしは魚を見た。ベッドの足元にインクの染みが見える。染みはそのうち消えるだろう。

それからわたしはスケッチブックを手に取り、ページを開いた。

主人公は一羽の鳥と出会う。鷺である。主人公と鷺は浜辺に立ち、海を眺めている。季節は冬だ。彼らの背後には雪の鎧に覆われた山が聳えている。山はすべてを見守っている。ギザギザした大ゴマがいくつかページにちりばめられている。言葉はない。鳥は年寄りらしい。脚は一本しかなく、羽は銀色で美しい。その嘴から水が湧き出ている。それが川になり、その川が海に注いでいる。

わたしはページをめくった。

年齢もわからなければ、顔の見分けもつかない登場人物たちが、通りすがりに、わずかな色を残していく。濡れた砂浜についたかすかな痕跡。黄色と青をでたらめに混ぜたような微妙な色合い。それを描いたのが無名の画家なら、彼は自分の腕前のほどを知って驚いたことだろう。彼らは、向かい風にさらされながら、相前後して歩いていき、やがてゆっくりとコマの外に出てしまう。というのも、海が砂浜に広がり、山を覆い、空にまで溢れ、スケッチブックの上下の端以外には、もはや輪郭も境界もなくなってしまうからだ。それは場所ならぬ場所。思いついた瞬間に形をなしたかと思えば、たちまち溶けてしまう場所。敷居にして通路。そこでは、ひらひらと舞いおりた雪が海の泡と出会う。落ちてくる途中で蒸発してしまう雪もあれば、無事、海に辿りつく雪もある。

わたしはまたページをめくった。

物語が溶けていく。指のあいだをこぼれ落ちていくかのように、わたしの目の前で。鳥は目を閉じていた。紙の上にはもはや青しかない。紺碧のインクが何ページも続いていく。やがて、海辺で冬のさなかに手探りをしていたその男は、波間に滑り落ちてしまう。海に落ちてなおも進む彼の後ろには、波のいたずらか、女性の姿が現れる。波は肩を形作ったかと思えば、腹、胸、腰のくびれとなり、そのまま下がって、一本の線になった。それはももの上を垂れる一筋のインクだった。ももの上にあるものが見える。長く細い

傷痕、

一匹の魚の鱗の上に
筆で刻まれた切り傷。

訳者あとがき

本書はエリザ・スア・デュサパンの小説『ソクチョの冬』(Élisa Shua Dusapin, *Hiver à Sokcho*, Éditions Zoé, 2016) の日本語訳である。

作者のエリザ・スア・デュサパンは、一九九二年生まれ。フランス人の父と韓国人の母の間に生まれたフランスとスイスの国籍を有する女性作家である。スイスのゾエ社から二〇一六年に出版された本書は、彼女の長篇デビュー作に当たる。あるインタビューによれば、彼女は初めて韓国を訪れた体験をもとに本書のたたき台めいた文章を高校生の頃から書き始め、内なるものを外に吐き出したいという衝動に駆られて、三年かけて本書を完成させた。彼女が自らの内にため込んできたもの、それは何よりもまず、フランス語圏で生まれ育ちながらも、自分が韓国文化に属しているという気持ちだった。そして、その韓国文化において、美容整形手術が女性の健康を著しく脅かしているのではないかという危惧もまた、彼女を執筆へと向かわせた大きなきっかけだったらしい。この小説は美醜や美容整形の問題を中心に据えた作品ではないが、それらのモチーフが各所にちりばめられているのも事実である。

出版されるや、本書は二〇一六年にローベルト・ヴァルザー賞とフランス文学者協会の新人賞、二〇一七年にはベルン・ジュラ州文学委員会のアルファ賞、SPG文学賞、ロマンドアカデミーのイヴ賞、レジーヌ・デフォルジュ賞と、フランス語圏の大小さまざまな賞を受賞している。二〇一八年にはガリマール社のポケット版叢書フォリオに収められ、より広い読者を獲得した。二〇二〇年には英訳され（***Winter in Sokcho***, Daunt Books）、翌二〇二一年に全米図書賞の翻訳部門を受賞。翻訳は今や二十近くの言語に及ぶ。近い将来、日系フランス人映画監督の嘉村荒野の手で映画化されることも発表されている。

タイトルにもあるとおり、本書は束草（ソクチョ）という土地を舞台に展開する物語である。束草は韓国北東部の行政区画・江原道に位置する日本海に面した都市で、とりわけ夏には多くの海水浴客でにぎわう。二〇一八年に冬季オリンピックが行われた平昌からそう遠くない場所である。一方、わずか六十キロメートルほど北には、北朝鮮との南北軍事境界線が設けられていて、本書の中にも、沿岸には「電気が流れる有刺鉄線が傷のように張り巡らされて」(一五頁)いるという印象的な記述がある。のどかな観光地といううわべの下には、いまだ終戦を迎えていない朝鮮戦争の最前線が広がっている。

主人公はその束草に暮らす二十代前半の女性。名前は与えられていない。作者と同じように、フランス人の父親と韓国人の母親の間に生まれたという設定になっているが、主人公の父親は、彼女が生まれる前に母親を捨ててどこかに行ってしまったらしい。それ以来、魚市場で働く母親が女手ひとつで彼女を育ててきた。首都ソウルの大学で学業を修めたあと、彼女は故郷に戻り、今はパク老人が経営するくたびれた旅館で働いている。

その旅館にヤン・ケランというフランス人の中年男性がふらりとやってくる。彼はフランス北西部のノルマンディー出身で、バンド・デシネ作家を生業としている。

バンド・デシネとはフランス語圏のマンガのこと。雑誌連載を経て単行本化されることの多い日本のマンガとは異なり、しばしば描き下ろし単行本として刊行される。体裁も日本のマンガとはだいぶ違っていて、A4判のハードカバー、オールカラーの中面、五十ページほどの分量というのが基本的な仕様である。日本語訳もあるエルジェの『タンタンの冒険』を思い出していただくといいかもしれない。日本では絵本扱いされているが、あれがバンド・デシネの典型である。

もっとも、『タンタンの冒険』のように子ども向けの作品ばかりというわけではない。日本のマンガと同様に、バンド・デシネにも大人向けの作品がたくさん存在している。ケランは世界中を旅する考古学者を主人公にしたシリーズ作品を執筆中だが、これはおそらく大人向けの作品だろう。ケランが主人公にバンド・デシネの歴史を説明する箇所があるが（九九頁）、そこに登場するフィレモンとジョナタン、コルト・マルテーゼは、いずれもよく知られたバンド・デシネのキャラクターである。とりわけジョナタンは、スイスのバンド・デシネ作家コゼ（Cosey）の同名の作品の主人公で、世界中を旅する設定と言い、ケランが執筆中の物語を想起させる。実際、先のインタビューで、作者のデュサパンは本作の執筆に当たって、コゼの仕事から大いに刺激を受けていることを明かしている。

ケランの作品は、翌年には最終第十巻が刊行されることが決まっていて、どうやら彼はその着想を得るために束草にやってきたらしい。

主人公は突然現れたこの珍客を最初のうちこそうとましく感じるが、やがて何くれとなく彼の世話を焼くことになる。フランスからやってきた自分よりずっと年上の彼に顔さえ知らぬ父親の姿を重ねたのか、ちらりと覗き見た彼の絵に感銘を受けたのか、あるいは生まれ故郷の束草から離れられずにいる自分とは異なり、世界中を気ままに旅する彼の自由さに憧れたのか、はたまた彼に恋人のジュノとは違う男性としての魅力を感じたのか……。ともあれ、主人公は複雑な想いを抱えながら、父と同じ国からやってきたケランと向き合い、そのことを通じて何よりも自分自身と向き合っていくことになる。

インクと紙がほしいと言うケランの買い物に付き合った主人公は、その晩、夕食に現れなかった彼のために料理を持って部屋を訪れる。少し開いた引き戸から中を覗くと、彼が机に向かっている。描くことに夢中な彼は、主人公が覗いていることにも、一匹のクモが脚の上を這っていることも気づかない。

その光景は一種の強迫観念として、主人公の脳裏に刻まれる。「わたしはケランの指がクモの脚のように動き回り、視線を上げ、モデルの女性をねめ回し、紙に向かい、再び視線を上げ、インクが期待を裏切っていないか確認し、彼が線を引いているあいだ、女性が逃げないかたしかめている光景を想像した。（中略）眠りにつく前に、わたしは彼がわたしの心の中に生んだイメージをとどめようとした。それらを忘れてしまわないように」（七一〜七二頁）。

絵に描かれた女性は、ケランの次の物語に登場するであろうヒロインに他ならない。彼はどうにかしてその女性を生み出そうと四苦八苦するが、なかなかうまくいかない。彼の探求に付き合わされる主人公は、彼女に憧れ、自分を投影し、やがて彼女に嫉妬を抱く。

それでは主人公はやはりケランに恋心を抱いているのかというと、どうやらそういうことでもないらしい。彼女は語る。「それは欲望ではなかった。欲望であるはずがない。（中略）愛でもないし、欲望でもない。わたしは彼の眼差しの変化を察していた。当初、彼にはわたしが見えていなかった。やがて彼はわたしの存在に気づく。まるで蛇が夢のさなかにあなたの懐に忍び込み、狙いを定めるかのように。彼の肉体的な、強烈な眼差しが、わたしを貫いた。彼はわたしが知らなかったことを発見させてくれた。世界の反対側にあるわたしのその部分こそ、わたしが欲していたものだった。彼の筆のもとに存在すること、彼のインクの中に存在すること、そこに浸り、彼が他のすべての女性を忘れるということ。（中略）わたしはただ彼に描いてほしかった」（一四八〜一四九頁）。

「世界の反対側にあるわたしのその部分」といういくぶん抽象的な言い回しが、具体的に何を指すのかは定かでないが、フランス人と韓国人のミックスとして韓国の片田舎に生まれ、心のよりどころを持たずに、違和感を抱えながら、抜け殻のように生きてきた主人公にとって、誰かに自分の存在を見つけてもらうことが何よりも必要であっただろうことは想像にかたくない。

物語の終盤、束草から去る決断をしたケランが、主人公に何かお礼をさせてほしいと言うと、彼女は自分の料理を食べてほしいという思いがけない返答をする。作者のデュサパンによると、ケランと主人公が体現するのは、西洋と極東のコミュニケーションの困難である。ふたりの距離は決して言語によっては縮まらない。その困難を乗り越える手段としてケランに与えられたのが絵だとすれば、主人公に与えられたのは料理だった。彼女は料理を通じて、自らを誇示し、ただ単に描かれる対象としてではなく、一個の存在として彼と対峙する。

そういえば、ケランと一緒に訪れた洛山寺（ナクサンサ）で、建物を取り巻くように設置されている龍と鳳凰と蛇と虎と亀の彫像を眺めながら、主人公は小学校の遠足のときにある尼僧から聞いた話を思い出して、四獣と蛇について語っていた。それぞれの季節を象徴するのが四獣で、ある季節から別の季節への移行を手助けするのが蛇だった。ことによると、ケランはいつまでも終わらない束草の冬に閉じ込められた主人公を、春へと連れ出す蛇だったのかもしれない。

最後に作者の他の作品にも触れておこう。エリザ・スア・デュサパンはこれまでのところ、『ソクチョの冬』以外にふたつの長篇小説を発表している。『パチンコ玉（仮題）』（*Les Billes du Pachinko*, Éditions Zoé, 2018）と『ウラジオストク・サーカス（仮題）』（*Vladivostok Circus*, Éditions Zoé, 2020）である。

二〇一八年に出版された『パチンコ玉』は、スイス人の父親と韓国人の母親の間に生まれたスイス人女性クレールを主人公に据えた物語。祖父母と母親が韓国人であるにもかかわらず、スイス育ちのクレールは韓国語を話すことができないのだが、日本に移り住んだ母方の祖父母に会いに何度も東京を訪れていることもあって、日本語は解することができる。その祖父母は東京の日暮里で小さなパチンコ店を営む老夫婦で、朝鮮戦争の惨禍を逃れて東京に来て以来、一度も韓国に戻っていない。夏休みを利用して祖父母のもとを訪れたクレールは、祖父母と一緒に韓国を訪れる旅を計画する。

一方、二〇二〇年に出版された『ウラジオストク・サーカス』は、タイトルにある通り、ロシアのウラジオストクを舞台にした作品である。主人公は衣装デザイナーの女性ナタリー。父の仕事の関係でフランス、ロシア、アメリカと世界各地を転々としてきた彼女は、ベルギーの服飾学校で衣装について学び、映画や舞台で衣装デザインを手がけている。今回のクライアントは、サーカスの花形であるロシアンバーのトリオ。ロシア人のアントンとドイツ人のニーノ、そしてウクライナ人のアンナである。カナダ出身のレオンが裏方として彼らの手伝いをしている。目標は数カ月後にロシアのウラン・ウデで行われるサーカスの祭典。彼らは三回転を四回連続で決める高難度の技に取り組もうと意気込んでいる。こうして、さまざまな事情を抱えてウラジオストクに集まった一同の共同生活が始まる。

今のところ、作者は、韓国の東草、日本の東京、ロシアのウラジオストクと、一貫して極東を舞台にした物語を紡いでいる。もっとも、『ソクチョの冬』と『パチンコ玉』で西洋と東洋のはざまで揺れる人々に寄り添ってきた彼女は、『ウラジオストク・サーカス』では一旦そのテーマから離れ、しばしば西洋とひとくくりにされてしまうものが、実はそう単純でないことを示しつつ、新境地を切り拓いているように見える。

エリザ・スア・デュサパンは現在、四作目の小説に取り組んでいるらしい。複数の文化の間を行き来しながら、コミュニケーションの困難に興味を抱き続けている彼女が、次はいったいどんな小説を世に問うのか、非常に楽しみである。この『ソクチョの冬』をきっかけに、いずれ彼女の他の小説も翻訳されることを期待したい。

二〇二二年十二月

訳者略歴　学習院大学大学院人文科学研究科フランス文学専攻博士前期課程修了，フランス語圏のマンガ“バンド・デシネ”の翻訳を多く手がける翻訳家　訳書『砂漠が街に入りこんだ日』グカ・ハン，『レベティコ―雑草の歌』ダヴィッド・プリュドム，他多数

ソクチョの冬（ふゆ）

2023年1月20日　初版印刷
2023年1月25日　初版発行

著者　エリザ・スア・デュサパン

訳者　原（はら）　正人（まさと）

発行者　早川　浩

発行所　株式会社早川書房
東京都千代田区神田多町2－2
電話　03－3252－3111
振替　00160－3－47799
https://www.hayakawa-online.co.jp

印刷所　信毎書籍印刷株式会社
製本所　大口製本印刷株式会社

Printed and bound in Japan

ISBN978-4-15-210202-7 C0097

乱丁・落丁本は小社制作部宛お送り下さい。
送料小社負担にてお取りかえいたします。